EL ORO
DE LOS JÍBAROS

EL ORO
DE LOS JÍBAROS

Juan Bolea

GRUPO ZETA

Barcelona • Madrid • Bogotá • Buenos Aires • Caracas • México D.F. • Miami • Montevideo • Santiago de Chile

1.ª edición: octubre 2013

© Juan Bolea, 2013
© Ediciones B, S. A., 2013
   Consell de Cent, 425-427 - 08009 Barcelona (España)
   www.edicionesb.com

Printed in Spain
ISBN: 978-84-666-5381-7
Depósito legal: B. 18.647-2013

Impreso por Novagràfic, S. L.

A mis hermanos, José Manuel, Charo,
Nacho, Ana y Jorge, por serlo y ejercer.

Agradecimientos

Martina de Santo y yo queremos agradecer muy sinceramente el renovado impulso prestado a nuestra saga por Ernest Folch y Lucía Luengo desde Ediciones B, el sello que vio nacer a Martina en 2005 con su primera entrega, *Los hermanos de la costa*.

Mi gratitud se dirige también a mi admirado Noah Gordon, querido maestro, por su generoso apoyo a mi trabajo. A Antonia Kerrigan, por las certeras gestiones de su agencia. Y, por supuesto, a todas mis lectoras y lectores.

El oro de los jíbaros se inspira en algunos episodios, libremente interpretados, de la vida de Alfonso Graña, un audaz aventurero español, cauchero, buscador de oro, protector de los indios, que protagonizó un sinfín de hazañas en el Alto Marañón, y que llegaría a ser conocido como Alfonso I de Amazonia. Graña fue un auténtico rey, y un buen monarca para los jíbaros.

El arquitecto Gaspar Muñoz, la arqueóloga Cristina Vidal y el antropólogo Enrique Vidal, que ya me asesoraron con el tratamiento del mundo maya en *La mariposa de obsidiana*, han tenido la deferencia de revisar el texto, a fin de garantizar un correcto uso de los materiales históricos relativos a los ceremoniales del pueblo shuar.

1

Pocas cosas fascinaban tanto a la inspectora Martina de Santo como el mar en invierno. El fuego, el tacto de los libros encuadernados en piel, acaso el sabor del tabaco cuando fumaba con los pulmones abiertos tras una larga carrera al aire libre... Pero el océano era su dueño.

Contemplando el Cantábrico, Martina experimentaba una mística devoción. Una sacerdotisa frente a su dios no habría recogido con mayor humildad su espíritu. Observaba el batir de la marea sin mover un músculo, indiferente al viento que peinaba su melena. Inmóvil, diríase, un elemento más de la inhóspita costa asturiana. Como los patos marinos y cormoranes que, a su vez, parecían observarla desde las rocas.

«¿Puede haber algo más hermoso?», se preguntaba mentalmente Martina, con miedo a expresarse en voz alta para no romper el hechizo.

Fanática del surf, la inspectora viajaba a aquellas playas en cuanto sus obligaciones se lo permitían.

De querer alguien encontrarla, tendría muchas probabilidades de dar con ella en el arenal de Alangre, a unos diez kilómetros de Tavares y quince de Buen Suceso.

Apenas había desayunado en una posada de los Picos

de Europa llamada La Encantona, donde se alojaba, Martina se dirigía con sus tablas a la playa de Alangre. Cogía olas y más olas hasta mediodía, comía cualquier cosa en un chigre cercano y, cuando la luz del día se iba apagando, regresaba a la casa rural.

Al atardecer, en el huerto del albergue, plantado de higueras y manzanos, la inspectora se acomodaba en una butaca de teca con una manta y un tablero de ajedrez en las rodillas y jugaba contra sí misma. Al pensar solo en las piezas, no se distraía con facilidad, pero si su mirada se desviaba hacia los muros de la casa, invariablemente se preguntaba por qué la habrían bautizado como La Encantona, siendo que carecía del menor encanto.

Tampoco lo tenía su espartano interior. Ni el más mínimo lujo enriquecía las nueve habitaciones, cuatro por planta, más la buhardilla que ella solía ocupar. Su estilo se ajustaba a la austera tradición de la alcoba montañesa, con una silla, una cama y, sobre el cabezal, una pintura religiosa para reconfortar el alma. El suelo era de barro cocido. Las paredes, enjalbegadas como las de un cenáculo.

Pero el paisaje sí tenía encanto.

Afuera, en el huerto, frente al Naranjo de Bulnes, aprovechando la última claridad de la tarde, el postrer rayito de sol que doraba su cumbre, una Martina relajada y feliz fumaba y jugaba al ajedrez contra sí misma, mientras la dueña de la posada, Segismunda Ochotorena, ordeñaba sus vacas en un establo cercano. El viento solía rolar impulsando hacia el huerto la pestilencia de la cuadra, pero a la detective no le importaba. Estaba sola y eso era lo único que exigía y necesitaba. La soledad y el mar.

La Encantona era un refugio de piedra situado a mil cuatrocientos metros de altitud, en medio de agrestes peñas y rocosas laderas. «Lejos y a salvo de la civilización», solía añadir su propietaria, la escasamente civilizada Segismunda, más conocida en la despoblada comarca de Tavares de la Selva como «Segis, la de la casa rural».

La suya, La Encantona, estaba aislada, pero tampoco fuera del mundo. Tras los taludes de nieve y la bufanda de niebla que en invierno solían abrigar el desfiladero de Morín, los acantilados quedaban más cerca de lo que parecía. Y también las poblaciones, Tavares de la Selva y Buen Suceso.

Desde la posada al mar había media hora en coche por carreteras con tantas curvas como escasa circulación. A la inspectora, enamorada como estaba del invierno en el valle de Morín, le gustaba conducir su todoterreno por esas rampas con nieve en las laderas y hielo traidor, y pararse, apagar el motor y permanecer en silencio cuando un venado aparecía en la linde olfateando el aire cargado de humedad y mirándola con sus grandes ojos pardos.

2

Aunque lloviera, Martina disfrutaba surfeando en la playa de Alangre, hasta que el frío agarrotaba sus músculos.

Raramente tenía compañía. El acceso a las dunas era precario y, al ser rocosos los fondos marinos, los surfistas que recorrían la costa cantábrica en busca de olas preferían playas más seguras.

En esos días de noviembre que llevaba en La Encantona, Martina solo había surfeado con una pareja de alemanes.

Aparecieron a bordo de una furgoneta Volkswagen de color calabaza con kilómetros suficientes como para haber dado unas cuantas vueltas a la Tierra. A Martina le maravilló comprobar cómo esa caravana con ruedas, con una suspensión tan dura como los tanques de Rommel —y, casi, pensó, con la misma edad—, era capaz de remontar los senderos de cabras y eludir las arenosas trampas de las dunas, hasta quedar aparcada a pocos metros de su Jeep.

Los alemanes eran buenos en el agua, pero tensaron los brazos para incorporarse con admiración sobre sus tablas cuando Martina, que había nadado un centenar de metros mar adentro en busca de una serie de olas, se puso en pie con una tan enorme que la impulsó en un largo vuelo y le permitió surfearla hasta la playa, primero bajando y subiendo por su líquida pared, y luego, cuando su onda fue perdiendo fuerza, clavando los brazos a los costados y deslizándose como una estatua hacia las rocas. Justo antes de impactar contra ellas, se tumbó ágilmente sobre su tabla y nadó en escorzo para sortearlas. Uno de los alemanes la felicitó alzando un pulgar.

Un par de horas después, coincidieron al salir del agua. Los tres tenían el pelo empapado, la piel enrojecida por el frío y los ojos tan chispeantes como niños en una noche de Reyes Magos.

Los alemanes eran gente abierta. Se pusieron a charlar en inglés con Martina y esta les propuso tomar una cerveza en el chigre donde acostumbraba a reponer fuerzas. Ellos aceptaron de buen grado y se presentaron formalmente.

—Me llamo Jan —dijo él.

—Y yo soy Gertrud —añadió la mujer.

Martina les condujo hasta una taberna al aire libre, sobre los acantilados. Su propietario se llamaba Damián. Era un personaje muy conocido en la zona. Había sido guía de montaña, cazador y *percebeiro*.

—Tres en uno —bromeó él—. Dueño, cocinero y mozo de esta sidrería. Y servidor de ustedes tres.

Con una cara lampiña, cuello de buey y una paciencia que asimismo se iba ensanchando a medida que sus clientes reclamaban más sidra, percebes, carne y pastel de la abuela, Damián era un asturiano de libro, por los cuatro costados.

—Mi menú es muy básico —les informó, tras escanciarles sidra sin derramar una gota—. Tradicional y lo bastante vitamínico como para devolver las calorías a todo aquel que las haya perdido caminando, pescando o buceando. O surfeando, como les he visto hacer a ustedes; y muy bien, por cierto. No soy hombre de pocas palabras, según estarán comprobando, pero me gusta resumir mi comida en una sola.

—¿Cuál? —preguntó Jan.

—¡Espectacular!

Además de los fresquísimos percebes y chuletones de corte sangrante, Damián solía tener pesca de anzuelo, jargos o lubinas como las que, con marea baja, se transparentaban como plateados cuchillos en las aguas mansas de las rías. Si alguien preguntaba cómo estaba el pescado, Damián propulsaba la nuca atrás, enfatizando:

—¡Espectacular!

A Gertrud y Jan les entusiasmó el chigre. Un grupito de excursionistas acababa de marcharse cuando ellos llegaban y estuvieron solos calmando su apetito mientras disfrutaban de vistas de pájaro y de una brisa que comunicaba plena sensación de vivir. Damián los había acomodado en bancos de madera, bajo las ramas de un pino negro cuyo retorcido tronco se había inclinado hasta doblarse en genuflexión ante la furia de las galernas, y los hinchó a marisco y chuletas de vaca tudanca.

Gertrud y Jan insistieron en pagar. La inspectora les convidó a otro postre de la abuela a base de almendras y crema tostada, más unas rondas de aguardiente.

Animados por el licor, los alemanes le hablaron un poco de sus vidas. Él era catedrático de griego. Gertrud había sido una de sus estudiantes. Tenían dos hijos, que se habían quedado en Alemania. Sin un plan establecido, se dirigían lentamente hacia Galicia, siguiendo el Camino de Santiago. Habían pasado frío durmiendo en la furgoneta y buscaban hospedaje para esa noche.

Martina les habló de La Encantona. Aunque había visto a algunos huéspedes entrando y saliendo, estaba segura de que el albergue disponía de habitaciones. Contribuir, gracias a su recomendación, a ocuparlas, sería una manera de recompensar los detalles que Segismunda tenía con ella.

A Gertrud y Jan les pareció una buena idea. Se despidieron afectuosamente de Damián, con la promesa de regresar para volver a disfrutar de sus chuletones y percebes, y se dispusieron a seguir al Jeep de Martina hasta esa posada de tan extraño nombre que, en su mapa, al menos, no aparecía.

3

Aquel perdido rincón de Asturias era el paraíso secreto de la inspectora De Santo. Su santuario particular.

Allí se había refugiado la última vez —la cuarta, en su vida— que había matado a un hombre.

A Sergio Trul, un violador múltiple que actuaba en Madrid y tras cuya pista Martina llevaba meses.

La inspectora estaba tan motivada con cazarle como Trul obsesionado con ella. Una noche, él la siguió hasta Pozuelo, donde Martina había alquilado un dúplex, y la asaltó a la entrada. Intentó meterla a la fuerza en la casa pero la inspectora le hizo frente y rodaron escaleras abajo hasta el jardín. Trul era un hombre fuerte. Se le montó encima a horcajadas, la golpeó en la cara, le desgarró la camisa y el sujetador y volvió a golpearla en el rostro, pero no pudo seguir agrediéndola porque la inspectora consiguió meter una mano en su cartuchera y sacar la pistola. Apretó el gatillo una, dos, tres veces y el violador murió encima de ella, echando sangre por la boca e intentando y consiguiendo morderle en el último segundo en el cuello, donde le había quedado una cicatriz. Martina lo había apartado empujándolo con el mismo vigor con que flexionaba los brazos en la tabla de surf y un trozo de sanguinolento intestino le salió como un globo por el agujero abierto por las balas.

La investigación interna calificó la acción de legítima defensa, pero la familia Trul no dio crédito a la versión oficial y removió el asunto. Martina tuvo que enfrentarse a un juicio por homicidio. Saldría inocente, aunque más tocada de lo que le hubiera gustado admitir. Hasta la resolución de la sentencia, sufrió episodios de insomnio y brotes de anorexia. Adelgazó tanto que tuvo que comprarse ropa, pero su salud no se resintió. Quizá, según le recordaba su madre, con quien Martina seguía sin llevarse especialmente bien, porque de niña había comido y dormido «menos que un grillo».

Además de su madre, Horacio Muñoz, un agente ya retirado, antiguo colaborador de Martina en sus primeros casos, la llamó para interesarse por su estado de ánimo.

Al percatarse de que la inspectora no se encontraba en su mejor momento, Horacio le recomendó un lugar idóneo para aislarse y recuperar el equilibrio y la paz: un albergue de montaña, La Encantona, en el corazón de los Picos de Europa.

Martina aceptó el consejo de Horacio y en su nuevo coche, un Jeep de color azul metalizado con tracción en las cuatro ruedas, había viajado hasta la cordillera cantábrica y, tras perderse varias veces por pistas de montaña, había localizado la posada cerca del santuario de la Virgen de Covadonga.

Segismunda, que nunca había necesitado ayuda para llevar su negocio, la había atendido personalmente. Pidió el documento de identidad a aquella hermosa y escuálida mujer vestida como un hombre —con sombrero de fieltro, abrigo de espiguilla, traje y zapatos de cordones— y le explicó las condiciones de estancia.

—El precio que le ofrezco por una habitación individual lleva incluido un desayuno a base de productos de granja, pero si alguna vez necesita comer o cenar, sepa que en mi casa, que es esa de piedra que ve usted aquí al lado, junto al establo, siempre hay puchero. Nunca cuestione de qué, si de choto o de res, de cerdo o caballo, pero no le faltará un plato caliente de cuchara. Oficialmente, no puedo dar comidas, pero lo último que haría sería permitir que alguien se acostase en ayunas. Pregúnteme cualquier duda, señora De Santo. Lo que quiera, salvo cuánto pretenden soplarme los del Principado por una licencia para abrir un restaurante.

Martina se había limitado a mirar de soslayo a aquella rústica y parlanchina mujer y a pagar por adelantado. Al abrir su bolsa de viaje para sacar la cartera dejó entrever su contenido. A Segismunda le pareció distinguir el cañón de un revólver y entonces fue ella la que consideró inoportuno preguntar. Devolvió su documentación a la señora De Santo y, a petición suya, le adjudicó la buhardilla, desde cuyas ventanas una suave gradación de tonalidades conducía la mirada por los bosques del piedemonte al mar.

Martina había preguntado:

—¿La llave abre también el portón?

Segismunda había respondido:

—En el tiesto de la entrada queda un llavín de hierro.

—Lo usaré. Me gusta pasear en la oscuridad.

La patrona había preferido no revelar a su, pensó, lunática huésped, que los cazadores de Tavares habían descubierto loberas en el bosque, pero tampoco le dio la impresión de que aquella Martina de Santo fuese a tener miedo de nada.

En adelante, Segismunda apenas repararía en ella. Martina entraba y salía de La Encantona a horas intempestivas. Más fácil que verla en persona era sorprender su tabla de surf apoyada contra el lavadero situado en la parte trasera, o su traje de neopreno secándose en las cuerdas de tender. Al margen de intercambiar saludos convencionales y breves e informativas conversaciones sobre rutas de montaña o parajes a descubrir, la inspectora no solía relacionarse con los huéspedes con quienes coincidía en el desayuno o en la sala de lectura.

A los pocos días de pasear entre bosques de avellanos, encinas y robles, manadas de caballos asturcones y gélidos manantiales, Martina se sintió, como decía Segismunda, la dueña de la casa rural, con quien iría labrando una pintoresca amistad, «lejos y a salvo», pero no de la civilización, sino de sí misma. De aquella otra arrogante y urbana mujer policía que no utilizaba tanto sus armas de mujer como la munición de nueve milímetros Parabellum.

El Cantábrico... En Madrid, el aire que Martina respiraba estaba saturado de plomo. En los Picos, sus pulmones se esponjaban, su mente se abría y recuperaba las ganas de sonreír y vivir.

Las montañas le atraían y pronto comenzaría a escalarlas, pero su pasión se desbordaba frente al misterio del mar. Si lucía el sol, las olas la deslumbraban con su diamantino fulgor. Aunque el cielo estuviera cubierto, igualmente la seducían sus espumas, tan limpias y brillantes como las escamas de los peces.

Cuando los dioses crearon aquel lugar, estaban pensando en ella.

4

Segismunda agradeció muy expresivamente a Martina que le llevase nuevos clientes. Ella misma, derrochando simpatía y hospitalidad, instaló a los surferos y peregrinos alemanes.

—Es una mujer fuerte —comentó Jan a Martina.

—Podría ser alemana —añadió Gertrud.

El aspecto de Segismunda, sin embargo, no le ayudaba en nada. Era una mujer gruesa, con unos ojos de huevo que inspiraban desconfianza. De juzgarla por su arrugada tez, se le habrían calculado sesenta años, incluso algunos más, siendo que no había cumplido cincuenta.

Pajares, el cartero, que le llevaba los paquetes postales y las revistas de jardinería y ganadería a que estaba suscrita, lo repetía en el bar La Encrucijada, justo en el cruce de la carretera de Tavares con Buen Suceso:

—Lo único que Segis tiene de mujer es el nombre. El resto es macho.

Como dándole la razón, Segismunda acentuaba sus rasgos y comportamientos viriles rapándose el pelo y usando un mono y botas chirucas. Tan solo los domingos, para ir a la iglesia de Tavares, se arreglaba un poco, si acaso pudiera definirse como «ponerse guapa» a tocarse la cabeza con chapela y a combinar estolas con vestidos estampados y abrigos pasados de moda.

—Busco el consuelo de Dios, no el de los hombres —aseguraba con una voz que, contrariamente a su figura, era armoniosa.

—¿Y si te entra un calentón? —le provocaba Pajares, el cartero.

Ella le espetaba con los brazos en jarras:

—Me meto en el arroyo de cintura para abajo y me bautizo el pecado.

Segismunda se bañaba poco, la verdad, aunque sudaba como un vaquero de Liébana. No paraba en toda la jornada. Lo mismo ordeñaba a sus vacas lecheras que subía a las cubiertas de pizarra para retejar o limpiar los canalones de ramas y estorninos muertos. Si el toro semental derribaba una valla o un rayo incendiaba un cobertizo, allá estaba Segismunda para desescombrar, cementar, enlosar y hasta levantar muros de ladrillo.

Y si alguien alababa su pericia en los oficios, explicaba con una nada falsa modestia:

—Al ser una mujer rota, sirvo para cualquier descosido.

5

Martina y ella solían verse dos veces al día.

Por la mañana, temprano, cuando la posadera estaba preparando el desayuno a base de leche y nata, cecina y miel; y volvían a encontrarse por la noche, en el caso de que Martina regresase a cenar.

Si era así, Segismunda le dejaba un plato cocinado para que la inspectora, simplemente, tuviera que calentarlo en el microondas. Desde su vecina casa, no más grande que una borda de pastor, Segismunda la veía picotear como un pajarito a través de las ventanas iluminadas del comedor de la posada. En cuanto Martina se levantaba y encendía un cigarrillo, la patrona cruzaba el huerto en la oscuridad para entrar a la casona de huéspedes e invitarla a un orujo.

A solas, ambas mujeres contemplaban arder en la chimenea los chisporroteantes troncos de encina y conversaban. Aunque, en honor a la verdad, sería más exacto comentar que Segismunda hablaba por los codos y que la inspectora la escuchaba con aparente interés. A menudo, la dueña de La Encantona tenía la sospecha de que la atención de su interlocutora se hallaba muy lejos de allí.

Martina rara vez hablaba de sí misma. Segismunda compensaba su discreción opinando de todo y exponiendo sin tapujos su turbulento pasado. Parecía haber agotado varias existencias en una. Había sido novicia en un convento de Burgos, amante raptada, novia engañada, prostituta en Bilbao, mujer de un marinero gallego, viuda, esposa de un ex sacerdote —de quien volvería a enviudar— y, finalmente, «empresaria hotelera», como ella misma se intitulaba orgullosa.

—Hay varias clases de hombres —le estaba explicando a Martina, con su asturiano acento, en aquella velada del 1 de diciembre—. Pero, como los mandamientos, se resumen en dos: los que han nacido para amar y ser amados y aquellos otros de corazón seco a quienes solo muy ocasionalmente el amor hace reverdecer. Aunque verde, y no solo de viejo, el macho lo es siempre. ¿No estás de acuerdo, chatina?

—Pudiera ser —concedía Martina, aunque para ella los caballeros se dividieran, más elementalmente, entre los que cruzaban o no la frontera de la ley.

—¡Es así, no le des más vueltas! —concluyó Segismunda con el aplomo y la seguridad que le aportaba su experiencia—. Los primeros abundan poco. Son excepcionales, y los únicos capaces de volver loca a una mujer. Se muestran celosos, a menudo terriblemente. Lejos de la amada, sufren. Cuando trabajaba la noche conocí a unos pocos. Recuerdo particularmente a uno... Se llamaba Isaías. Era herrero. Vivía en una aldea de Baracaldo. Un hombrón como un poste de teléfonos, con unas manazas de árbol y el corazón envenenado de pasión hacia mí. Al principio, venía al Afrodita, el club donde yo alternaba, que estaba en la carretera de Santander, una vez al mes. Más adelante, se pasaba todas las semanas y, al final, no había noche que no se escapara del caserío para asomar por mis dominios su patético enamoramiento. Yo me sentía hasta cierto punto atraída hacia él y le complacía siempre que podía... Aunque ya tenía mi macho.

—¿Un novio? —apuntó Martina.

Segismunda rompió a reír.

—¡Si él levantara la cabeza, o alguna otra cosa, y te oyera! Me refería a Antonio, mi chulo. Sí, Martina, ya sé lo que vas a decirme... Esa clase de relación es lo peor que le puede pasar a una mujer. Si le hubieses visto... Comparado con el herrero, mi Antonio, mi Toñín, era un alfeñique. Pequeñín, delgadín... No tenía músculos, ni presencia, pero habría matado a cualquiera que me molestara. Que me faltara al respeto. Que me pisara un pie.

Un trago de orujo ayudó a Segismunda a evocar al tipo que la tiranizaba.

—Te diré una cosa, Martina, y es palabra de mujer. Nunca he conocido hombre más hombre que Toñín, y si sumas mis noches de alterne deducirás que conocí bíblicamente a muchos. Toñín era primitivo en su crueldad. Su violencia me abrasaba, pero yo deseaba arder en ese fuego. Por mucho que me dolieran, no dejé de perdonarle ninguno de sus golpes, de sus insultos... Logró que en la cama solo me estremeciera con él. Conclusión: únicamente era feliz a su lado. Cuando paseábamos por la ría de Bilbao, Toñín con su cazadora de aviador, yo con mis medias de rejilla y mis vestidos de flores, me sentía como una reina. En realidad, era su esclava. Le entregaba todo el dinero que ganaba. Hasta mis uñas le pertenecían... Por suerte, aquello acabó. Una noche lo mataron en una reyerta. Enterré cristianamente sus restos y hui...

Sin Toñín, la vida de Segismunda había ganado en respetabilidad. Se casó dos veces. No tuvo hijos, pero su patrimonio aumentó.

La Encantona se la había dejado en herencia su segundo esposo, don Benito, párroco de la vecina localidad de Morín, que colgó los hábitos por ella y se le murió al poco tiempo de celebrar la boda. Antes de ser albergue, La Encantona era una casona familiar, destartalada y perdida peñas arriba, pero ella, con ayuda de un albañil, la arreglaría y la convertiría en su sueño.

En el modesto vestíbulo de La Encantona, en un marco de aluminio, podía verse, a modo de homenaje póstumo, una foto del ex cura y ex marido de Segismunda. Con atavíos de pesca, don Benito arrojaba la caña al río Cares y miraba sonriente al fotógrafo mientras enlazaba por la cintura a una joven e irreconocible señorita Ochotorena.

—Desde que Beni murió —dijo esta a Martina, contemplando soñadoramente las brasas de la chimenea—, no he vuelto a sentir el calor ni la turbación de un hombre. Por eso vivo en paz y rezo a Dios para que me guarde soltera y sana. Lo cual, chatina mía, extinguidos ya los fuegos de la juventud, viene a ser lo mismo.

La inspectora le dio la razón. Tampoco ella quería que la redimiese nadie.

Esa noche, Martina escribió en su cuaderno:

«El amor es una perturbación. Su raíz descansa en la atracción de origen instintivo hacia alguien o algo. Si el sujeto de devoción es una persona, la réplica sexual materializará sus emociones con el beso, la sudoración, la posesión física... Si el objeto de la pasión es una idea, la del Ser Supremo y sus disciplinantes religiones, la de la Belleza y sus disciplinas artísticas, el enamorado se consumirá en una fría llama. La mezcla de ambas clases de amor conduce a la inestabilidad, la locura o el crimen.»

6

Martina pasó el día siguiente, 2 de diciembre, surfeando con los alemanes. Cenaron juntos en un restaurante marinero de Buen Suceso y a medianoche tomaron una última copa de orujo casero en la posada, conversando al calor del fuego hasta que les venció el sueño.

Al amanecer del día 3, Jan y Gertrud prosiguieron su ruta hacia Galicia. La inspectora había madrugado para desayunar con ellos y los despidió con las primeras luces. Hacía bastante frío.

A partir de las diez de la mañana, sin embargo, se despejaron las nieblas y el sol brilló con fuerza. A las once, Martina, con gafas oscuras para protegerse de la refulgente luz, estaba ya en el arenal de Alangre, dispuesta a correr un rato por la playa y a cabalgar las olas en cuanto entrase en calor.

Tal como solía hacer antes del calentamiento y de preparar las tablas de surf, cubriéndolas con una capa de parafina para facilitar el agarre y la estabilidad de los pies, había trepado a un promontorio, a fin de estudiar las rompientes.

Con la mirada puesta en las olas, la invadió una indefinible congoja, una extraña mezcla de alegría y tristeza. «¿Un ataque de melancolía?», se preguntó.

En lugar de trotar, se dejó ir caminando por la orilla de la playa hacia la punta del cabo. A pesar del relajante paseo, su tumulto interior no remansó. Por el contrario, a cada momento sentía con mayor intensidad cómo una fuerza desconocida, un peso líquido, angustioso, invasor, ganaba espacio dentro de ella, exactamente igual que una burbujeante papilla que hiciera hervir su sangre, acelerando el martilleo de su corazón y, paradójicamente, dejándole helada la piel. Aturdida, se le ocurrió pensar que si los volcanes pudieran experimentar emociones, sentirían algo así justo antes de entrar en erupción.

Trató de serenarse y se acercó al coche, que había dejado aparcado en la vertiente sur de las dunas. Se quitó la ropa y se puso un bañador y un traje de neopreno. Apeó de la baca las dos tablas de surf que solía utilizar, eligió la más corta y con su funda colgada del hombro se encaminó hacia las olas.

Se había calmado el viento y el sol de invierno le caldeaba la piel. Sus pies se hundían en la arena húmeda. Frío y calor, tristeza y euforia... La detective volvió a experimentar la misma y desconcertante sensación de unos minutos atrás: ebullición magmática de la sangre, plenitud y vacío, derrota y exaltación...

Y se preguntó, asomándose a su más temido abismo: «¿Estaré enamorada?»

7

Se metió con decisión en el mar. Al principio, el agua le pareció gélida, como si hubiera introducido manos y pies en cubos de hielo, pero en cuanto empezó a nadar tumbada sobre la tabla, braceando vigorosamente, y hubo cogido las primeras olas la sensación de frío desapareció para dar paso a sucesivas descargas de adrenalina y a una creciente sensación de calma, frescor y bienestar, como si hubiera hecho las paces con el mar y simplemente fuese una pequeña parte de él, un miembro más, y nada relevante, de su gran familia.

Aquella mañana, las olas no eran demasiado altas, pero sí regulares y nobles, y se dejaban surfear con comodidad desde el punto de arranque hasta la orilla.

Martina disfrutó volviendo a entrar una y otra vez. Estaba consiguiendo desterrar sus preocupaciones personales a base de concentrarse solo en el surf y pensar únicamente en las olas, en su fuerza, en su mágico color verde pespunteado de espumas, y en su forma, como vientres de dragón abiertos para acogerla cuando se formaban tubos. Martina domaba ola tras ola. Al acercarse a la orilla tumbada en su tabla disfrutaba observando cómo el oleaje rompía con suavidad, acariciando la arena.

Al cabo de un par de horas, cuando se sintió entumecida, salió del agua y corrió hasta el Jeep con la tabla debajo del brazo. Se quitó el neopreno, se secó y se puso unos vaqueros y unas botas, una camiseta y una sudadera. Bebió un largo trago de agua dulce, porque el mar siempre le daba sed, y ascendió a buen paso la senda del acantilado hasta la sidrería de Damián.

—Te he visto surfear —le dijo este, sonriéndole—. Has hecho varios tubos. Debes de estar muerta de hambre.

—No creas. Tomaré lo de siempre.

—¿Tu plato único? —apuntó Damián, con sorna.

Martina asintió, devolviéndole la sonrisa. Damián desapareció en la cocina y regresó con una ración de percebes y una botella de sidra.

—Tu almuerzo. Están fresquísimos.

—Perfecto. Escánciame, si eres tan amable. Tirar la sidra no figura en mis habilidades.

Damián dejó el plato de loza sobre la mesa de vigas de ferrocarril y, estirando el brazo, inclinó la botella y le dispensó un culín. Sabía que Martina, como solía hacer, se comería el plato de percebes como si fuesen pipas, se bebería la botella de sidra y, después de encender un cigarrillo, pediría un helado de corte de tres sabores, chocolate, fresa y vanilla, más un café solo, doble, y un whisky de malta, también doble.

Y eso fue, exactamente, lo que la detective hizo esa tarde. Al terminar el helado se recostó en el banco, cerró los ojos al sol y se quedó relajada, casi dormida. Hasta que no encendió un Player's, la nicotina no motivó a su mente a pensar. O, más precisamente, a recordar. Y, entonces, de la misma forma que a sus pies no dejaban de estallar las olas, las ondas de su memoria arrastraron hasta el presente sus amores perdidos.

De vez en cuando, Martina seguía implicándose en uno que otro «conflicto sentimental», como llamaba ella a sus aventuras. Solía emprender dichos intercambios afectivos con naturalidad, sin prejuicios. Pero si sus parejas la defraudaban o, simplemente, se aburría, pronto optaba por dejar de satisfacer lo que, en el fondo, no dejaba de considerar como un «peaje a nuestra naturaleza animal».

Por esa razón, con respecto a Martina seguía sin poderse hablar de un final feliz, ni siquiera de una situación estable. Al filo de cumplir los cuarenta años, la inspectora continuaba manteniendo su particular estilo de vida, impávida frente a los halagos del amor e indiferente a la soledad.

Aunque, en esta ocasión, algo le sucedía... «¿Estaré enamorada?», insistió en preguntarse con la mirada perdida en el mar.

Esa misma noche, escribió en su cuaderno:

«Temo al amor por su pretensión de sentimiento hegemónico y por la indefensión a que condena a la razón. Puede que una persona enamorada sea alguien más feliz, pero también más débil. Por mi parte, prefiero no desarmarme, no quedarme inerme y claudicar ante el espejismo de una promesa de felicidad.»

8

«Perteneces a un tipo de mujeres independientes que inspiran admiración y numerosas y a menudo secretas pasiones, pero que no están hechas para el amor», le dijo Segismunda en su siguiente velada, al calor de la chimenea de La Encantona.

La propietaria del albergue no andaba descaminada. Martina, lo quisiera o no, dejaba huella, pero el impacto de los otros, o de las otras, contra su muro afectivo casi nunca llegaba a derribar sus defensas. Por lo general, solo conseguía distraerla temporalmente.

Martina le había contado a Segismunda que uno de sus últimos «conflictos sentimentales» o «entretenimientos», según se mirase, le había deparado como compañero a un arquitecto inglés, de nombre Andrew, con quien había coincidido durante unas vacaciones en Menorca. Otra relación de cierta envergadura emocional —que Martina no había confesado a Segismunda— la unió a una magistrada, Sagrario Mendive, instructora del sumario de un caso investigado por ella.

El arquitecto tenía un carácter tan extrovertido que a la semana ya pretendía casarse, y así se lo hizo saber a Martina con su jocoso castellano. La jueza Mendive, en cambio, clásica por fuera y rebelde por dentro, se refugiaba de día en sus contradicciones y de noche en su apartamento de La Malvarrosa —por entonces, Martina estaba destinada en Valencia—, desde cuyas persianas vigilaba que los vecinos no las sorprendiesen cenar, salir, entrar o acostarse juntas.

Martina podía tolerar, incluso compatibilizar dichos «conflictos» con su frenética actividad profesional si, como innegociable condición, sus parejas renunciaban al humano afán de poseer al otro.

Cuando rompió con la jueza, había escrito en su cuaderno: «El amor hacia un hombre no es distinto al amor hacia una mujer. Tampoco es cierto que el amante masculino sea más posesivo que el femenino. El individuo, hombre o mujer, siempre ama de la misma manera. Solo tiene una manera de amar, como solo hay una manera de creer.»

El corazón de la detective, cartesiano, como matemática era su inteligencia, precisaba nutrientes afectivos con carácter cíclico, pero ningún dueño. El cortejo amoroso, para Martina, no pasaba de consistir en una manera más o menos entretenida de perder el poco tiempo que le sobraba. Sus consecuencias, la expectativa de comprometerse, tener pareja, domicilio conyugal, hijos, hijas (particular pánico le inspiraba la idea de alumbrar una hija parecida a ella), libro de familia y descuentos en los ferrocarriles de larga distancia le eran tan ajenas como la receta de aquellos calamares que a Segismunda le salían sabrosísimos y al punto de cocción en sus fogones, pero que a Martina, pésima cocinera, se le quedaban duros, flotando anémicos en un líquido amniótico depositado al fondo de la olla.

Anestesiada por su incapacidad para —contrariamente a sus rígidos calamares— ablandarse y servir de condimento o salsa al festín de las pasiones, la vida amorosa de la investigadora, tras sucesivos «conflictos» o meras «distracciones», volvía siempre a recuperar su cualidad original: una inmunidad afectiva que, en ocasiones, como quien emprende contra el aburrimiento un viaje de placer, ella misma interrumpía —voluntariamente unas veces, de forma involuntaria otras— a fin de satisfacer los mencionados «peajes a nuestra naturaleza animal».

9

La inspectora llevaba tiempo sin padecer «conflictos» especialmente reseñables cuando, en las vísperas de aquel otoño, «por culpa» de un antropólogo, su pulso había vuelto a experimentar lo que, de forma cautelar, ella designaba como «latidos de alarma».

La aceleración de su torrente sanguíneo había sido provocada por un científico serio y fornido, un poco más bajito que ella, con barba y pelo negro.

Martina le había abierto su particular «ficha policial».

Nombre: Carlos Duma Gordillo.
Edad: treinta y seis.
Lugar de nacimiento: Sevilla (barrio de Triana).
Signo del zodíaco: leo.
Tipo de sangre: A positivo.
Países visitados: 44.
Principales creencias: en el hombre como ser libre y en la dignidad del ser humano.
Sueños y esperanzas: vivir en un mundo mejor, crear un Centro de Estudios sobre los Pueblos Indígenas y detener la destrucción del Amazonas.
Militancia política: republicano utópico.

Valores: solidaridad.

Virtudes: la alegría.

Defectos: la vanidad y la tendencia a engordar.

Aficiones: flamenco y fútbol.

Personaje histórico que admira: Gandhi.

Personaje histórico que repudia: Napoleón Bona-
parte.

A los pocos días de conocerle, Martina había escrito en su cuaderno:

«La ternura de una caricia me hace pensar en cacho-
rros, en camadas, en la vida animal. Los animales no me atraen, pero eso no significa que no responda a las cari-
cias.»

10

Carlos y ella se habían conocido en Madrid.

La atracción debió de ser instantánea y mutua porque quedaron, se citaron de nuevo y volvieron a quedar.

Al cuarto encuentro, Martina no tuvo más remedio que reconocer que, a las taquicardias causadas por el mencionado individuo, habían proseguido «desórdenes emocionales» y «daños de distinta consideración» en sus parapetos defensivos contra la conquista amorosa. Riéndose sola, pensó: «Ni siquiera una drástica apelación a mi independencia parece capaz de detener la inminente invasión del cuerpo enemigo.»

Especialista en nutrición y en enfermedades tropicales, el antropólogo, y también médico, Carlos Duma, el afortunado representante de la especie masculina que acababa de recordar a Martina la condición complementaria de la pareja humana y la necesidad de pagar de vez en cuando «peajes a nuestra naturaleza animal», era uno de esos solitarios románticos que en el Tercer y Cuarto Mundos se entregan al servicio de las comunidades indígenas.

En la actualidad, su área de acción se circunscribía al Amazonas y a sus países ribereños.

En el curso de su más reciente expedición, organizada

por la Sociedad Geográfica Española, Duma y otros geógrafos y etnógrafos desplazados a la cuenca del río Madre de Dios, en las selvas de Perú, habían entrado en contacto con los mashco-piros, una tribu todavía muy desconocida. Las fotografías, películas y testimonios de esa primitiva etnia habían despertado interés en la comunidad científica y un considerable impacto en la opinión pública.

Martina y Carlos habían coincidido por primera vez en un programa de radio, de forma casual.

Una emisora madrileña los había citado en su estudio por diferentes motivos, pero a la misma y nocturna hora. Mientras esperaban ser llamados al plató, hablaron, congeniaron. Al finalizar las entrevistas, se fueron a tomar una copa.

Al día siguiente, Carlos, que le había pedido el teléfono con una excusa más bien peregrina, la llamó al móvil. Martina tenía una tarde infernal en comisaría, pero se las arregló para salir a las ocho y arreglarse un poco en el nuevo apartamento que acababa de alquilar en la plaza Mayor. Carlos se había propuesto impresionarla y le envió un mensaje citándola en el Ritz. Disfrutaron en su coqueto bar de un aperitivo, cenaron en un restaurante hindú muy de moda y, como en una escena cinematográfica, pues aquella noche llovía torrencialmente en Madrid y el brillo de los faros de los coches en el asfalto brillante y mojado proporcionaba a la escena el pálido fulgor de un decorado irreal, se besaron en una esquina de la calle Serrano.

Casi sin darse cuenta, entre confidencias y paseos por el Jardín Botánico, donde Martina se relajaba en contacto con las plantas, o por los alrededores del Museo de América, uno de los centros de trabajo de Carlos, habían emprendido un romance que duraba ya varios meses.

A pesar de que habían disfrutado de buenos momentos, y de que el antropólogo le gustaba a Martina casi tanto como el mar, el fuego o el sabor del tabaco rubio tras una larga carrera por parajes naturales henchidos de aire puro, la inspectora no las tenía todas consigo.

—¿Por qué desconfías de él? —le había preguntado Segismunda, una vez Martina le hubo confesado que se estaba viendo con el antropólogo y le hubo facilitado su «ficha policial», con una somera descripción de su carácter enérgico y soñador, sus inclinaciones y gustos.

La respuesta de la inspectora fue:

—Porque está demasiado colado.

—¿Y eso es un problema? —se asombró Segismunda.

Martina recurrió a una metáfora:

—Su pasión amenaza con desbordarse como los cauces de esos ríos ecuatoriales que conoce como las rayas de su mano. ¡Pretende ahogarme con él!

Aquí, desde el punto de vista de Martina, venía lo malo. Además de mostrarse apasionado —lo que a la detective, en su desprejuiciado hedonismo, no le disgustaba en absoluto, sino más bien todo lo contrario—, Carlos se estaba volviendo posesivo.

Debido a su constante presión para verse y estar juntos, Martina no se sentía cómoda con él. Nunca antes se había plegado a esa clase de exigencias. Jamás había permitido que se coartara su libertad de acción y no iba a bajar la guardia ahora que acababa de cumplir treinta y nueve años, tres más que su nueva pareja.

La edad no la había hecho cambiar. Cuando alguien le exigía más de lo que estaba dispuesta a dar sin renunciar a su vocación o a su mundo, la reacción de Martina consistía en poner tierra de por medio.

Por ese motivo, y sintiéndose agobiada en la presente fase de su «conflicto» con Carlos, Martina se había concedido unos días de reflexión, a fin de meditar sobre la relación que los unía, sus pros y sus contras, su porvenir.

Carlos le había rogado que permaneciera en Madrid, porque en breves fechas debía regresar al Amazonas. Pero ella, desoyéndole, había cogido el coche y, tras conducir cinco horas y media, se había refugiado en los Picos.

En La Encantona, en sus bosques de robles, en su Cantábrico. Uno de esos pocos lugares donde la mujer policía más galardonada del Cuerpo Nacional volvía a ser ella misma, independiente y libre como las nubes que sobrevolaban el Naranjo de Bulnes o las olas que saturaban el aire de ruido y vapor.

En la playa de Alangre, a solas con su cielo y su mar, Martina se esforzaba por aprender a olvidar a Duma, como le llamaba ella. Poco a poco, lo estaba consiguiendo. Sus anchos hombros, su cabello oscuro, incluso su mirada de carbones encendidos empezaban a difuminarse como el mascarón de un barco fantasma que se alejara de su rumbo, de su vida.

Estaba siendo injusta con él, de sobra lo sabía, pero la instintiva fuente de la que brotaban sus sentimientos deseaba seguir manando arroyo abajo, sin diques, sin puentes, sin nada que la embalsara.

Como había sido desde el principio.

Como era ella, como un torrente.

11

—Tienes una carta —le dijo Segismunda a la mañana siguiente, 4 de diciembre.

Extrañada, Martina alzó la vista desde la mesa del rústico comedor de la posada, donde estaba tomando una taza de café y ojeando *El Comercio*, antes de salir a surfear.

Por lo general, de los periódicos solo leía las secciones de sucesos, pero una entrevista a un conocido psiquiatra forense le había llamado la atención y en ese momento la estaba leyendo.

Unos minutos antes, por la ventana, acababa de ver a Pajares, el cartero del pueblo, descendiendo de su furgoneta amarilla de reparto y entregando en mano el correo a la patrona, pero ni remotamente podía imaginar que hubiese algo para ella.

—Es la primera vez que te escriben aquí, si no recuerdo mal —comentó Segismunda—. ¿Habías dejado esta dirección a alguien?

Martina meneó la cabeza.

—¿A nadie?

—Que yo recuerde, no.

—¡Qué raro!

La inspectora cogió el sobre, bastante abultado, y reconoció en el acto el anagrama policial y la letra de una de las colaboradoras de su sección, la agente Francisca Barrios. Evidentemente, le remitía correo desde la comisaría madrileña. Lo abrió. Dentro había otro sobre más pequeño, de un color naranja muy llamativo, nada común. Su cierre adhesivo había sido reforzado con celo y los tres sellos pegados al ángulo superior derecho representaban especies exóticas de flores. El matasellos, ornamentado con motivos de inspiración tropical, palmeras y pelícanos, testimoniaba el origen del envío: «San Pedro, Ámbar Gris, Belice.»

La carta venía dirigida a su nombre, Martina de Santo, y a la dirección correcta de la Comisaría Central, en Madrid.

El sobre no traía remite. Francamente intrigada, la detective introdujo a modo de abrecartas la punta de un cuchillo por el filo inferior (siempre los abría así, por si era necesario comprobar las huellas) y lo rasgó.

Al hacerlo, una fotografía cayó al mantel. La inspectora no pudo reprimir un gesto de asombro porque la imagen era de ella misma, de niña. Se quedó mirándola, incapaz de reaccionar. En la foto —pero ¿quién, por todos los diablos, se la enviaba?— ella debía de tener doce o trece años. Lucía su primer bikini, que Martina recordaba perfectamente, como si se lo hubiera puesto el día anterior, un dos piezas rosa y azul con unos lacitos muy cursis, pero que entonces le parecieron el colmo de la femineidad. No sin cierta coquetería, posaba delante de un toldo playero de rayas blancas y verdes. A sus pies, se levantaba un castillo de arena. Detrás, descabezados por un incorrecto enfoque de la cámara, se veían los cuerpos en bañador de un hombre y de una mujer. Solo los cuerpos. Aun privados de sus rostros, Martina reconoció a sus tíos

Dalia y Alberto de Santo, con quienes solía pasar los veranos en Cádiz.

—¿Quién te escribe, algún admirador? —apuntó Segismunda, observándola con picardía desde la cocina.

—Lo sabremos enseguida —murmuró la inspectora, sin poder disimular su confusión.

—Está muy bien eso de que le escriban a una —opinó la posadera, que no debía recibir más de una o dos cartas personales al año—. Te dejaré leerla con tranquilidad —decidió, y se fue al establo a por más leche.

Martina dejó la fotografía sobre el mantel tal como estaba, sin tocarla, y extrajo el contenido del sobre. Era una carta. Constaba de cinco hojas dobladas en cuatro pliegues. La inspectora las fue desdoblando y ordenando porque, aunque estaban numeradas, se habían barajado con respecto a la secuencia ordinal. Las cuartillas eran del mismo color naranja que el sobre y venían escritas por ambas caras con tinta roja. La letra era pequeña, puntiaguda e inclinada. No había firma.

Martina encendió un cigarrillo con una mano que, casi imperceptiblemente, había empezado a temblar. Sin poder imaginar la envergadura del enigma en que se iba a ver envuelta, comenzó a leer aquella misteriosa carta procedente del lejano y, para ella, desconocido Belice.

12

Querida Martina:

No ignoro que, desde hace tiempo, gracias a tus éxitos policiales, te has convertido en una celebridad, pero no puedo tratarte de usted. Me tomaré la libertad de tutearte, como solía hacer cuando éramos adolescentes. Cuando la vida no había destruido aún nuestra inocencia ni nos había gravado con sus penosas obligaciones.

Al encabezar esta carta, que he escrito en un estado de ansiedad febril, dudé acerca del protocolo. No sabía si referirme a ti como «Estimada», «Apreciada» o «Querida». Me decidí por esta última fórmula de cortesía porque, aunque, muy probablemente, ni siquiera te acuerdes de mí, siempre te he tenido presente. ¿O, quizá, de una vez por todas, debería decir: Porque siempre te quise, vida mía, mi amor?

Al afirmarlo no me mueve la nostalgia, sino una pasión verdadera que hasta ahora —¡y cuando, me temo, sea ya demasiado tarde!— nunca me había atrevido a confesarte.

¿Cómo iba a hacerlo, por otro lado, si durante los

veranos que pasamos juntos apenas fui para ti un compañero de juegos? ¿Si, en el instante en que leas estas líneas, tu memoria deberá rebuscar en el pasado para situarme a tu lado?

A fin de refrescar tus recuerdos, me he permitido enviarte una fotografía muy apreciada por mí, de las varias que conservo tuyas.

Playa Victoria, Cádiz... ¿Cuánto tiempo habrá pasado? ¿Cerca de treinta años? ¡Dios mío! Cierra los ojos, Martina, y ábrelos a nuestra infancia. ¿Ya estás en nuestra playa? Cielo ardiente, arena como yema tostada. Mariscadores de La Caleta ofreciendo cangrejos, camarones y bocas de la Isla. Casetas de madera pintadas de rojo burladero, con palanganas para aclarar los bañadores. Toldos amarrados con cuerdas...

Soy Pedro Arrúa. Pedrito, el hijo del toldero. ¿Me recuerdas ahora?

En casa del herrero, cuchara de palo. No era ya que nosotros, como concesionarios del servicio, no tuviésemos toldo en playa Victoria; ni siquiera disponíamos de una simple sombrilla. Tampoco la hubiera necesitado, en realidad. Desde muy chico, me acostumbré a soportar el calor. Ayudaba a mi padre con los toldos y las tumbonas, y a mi madre con aquel chiringuito de bebidas, La estrella del sur, donde tú, poniéndote de puntillas y apoyando la barbilla en el mostrador de cinc, elegías una horchata o un helado de corte de tres sabores: chocolate, fresa y vainilla.

El toldo de vuestra familia quedaba unos metros delante de La estrella del sur. En más de una ocasión, atendí a tu tío, con el que veraneabas. Se llamaba Alberto, ¿verdad? Supe que había muerto y lo lamenté sinceramente. Me enteré de esa triste noticia por una serie de rocambolescos episodios, uno de ellos vagamente relacionado con él y con los indios jíbaros...

Pero no adelantemos acontecimientos, querida Martina. Regresemos a nuestros años felices, al útero de nuestra compartida infancia. En Cádiz, eras una de las pocas niñas de mi edad. Las demás resultaban demasiado mayores para mí, con sus atributos femeninos en núbil desarrollo y actitudes resueltas que me cohibían. Una tarde, con el sol poniente iluminando un reino que solo nos pertenecía a ti y a mí, construimos castillos de arena junto al mar. Tan bonitos como el que aparece en la foto que te he enviado. Tú levantabas torres y cavabas fosos mientras yo reforzaba las murallas contra las olas... Una tarde fuimos a un cine al aire libre. No tú y yo solos, claro, sino con la pandilla del paseo marítimo. ¿Te acuerdas de Jesusón, *el Gordo*? ¿Y de Valentín Estrada, *Lentín*? A ti y a mí nos tocó sentarnos juntos, en las últimas filas. La película narraba las aventuras de un delfín inteligente, *Flipper*. Armándome de valor, y con el pulso latiéndome desbocadamente, rocé tu mano. Durante un mágico minuto, tus dedos se entrelazaron con los míos. Debí decirte entonces lo que realmente sentía por ti, pero algo, el miedo o la vergüenza me frenaron y dejé pasar la oportunidad. Aquel mismo mes de agosto comenzaste a salir con otro chico, y al siguiente ya no regresaste a Cádiz. Desde entonces, para mi desgracia, no nos hemos vuelto a ver.

Echándote en falta mucho más de lo que pudieras imaginar, querida mía, seguí estudiando y trabajando cada verano con mis padres en La estrella del sur. Procuré olvidarte, pero nunca lo conseguí. Con el tiempo, emigré a América y conocí a otras mujeres. Llegué a casarme en dos ocasiones, pero tú siempre permanecías ahí, en lo más hondo de mi pecho, junto a mi corazón...

Martina retiró bruscamente la mano del cenicero porque la brasa estaba a punto de quemarle un dedo. Su concentración era tal que ni siquiera se había dado cuenta de que tenía un cigarrillo encendido. Lo apagó y sorbió el resto de su taza de café.

Con el propósito de desayunar, un matrimonio de cierta edad entró al comedor de La Encantona. La inspectora levantó la cabeza para desearles los buenos días y su rostro se reflejó en un espejo colgado sobre el aparador de la vajilla. La marmórea palidez que se había adueñado de su tez denotaba la profunda impresión que le estaba causando aquella carta.

Llenó su taza de café y siguió leyendo:

¿Te ha gustado la foto, Martina? La tomé con mi primera cámara, una Kodak de espejo que todavía conservo. Me gusta guardarlo todo, incluidos los sentimientos. Soy fiel por naturaleza. Entre mis tesoros, conservo algunas cosas tuyas más, que espero poder mostrarte.

Te escribo frente al Atlántico, pero desde la otra orilla del amado Cádiz de nuestra infancia. Lo hago desde mi nueva casa en Ámbar Gris, en Belice. Su capital, San Pedro, es la única población de este paradisíaco cayo, llamado así, Ámbar Gris, por los antiguos cazadores de ballenas y por ese ámbar, extraído de los cetáceos, valioso como el oro...

En Ámbar Gris no hacen falta zapatos, pues las calles son de arena; ni abrigo, al desconocerse el frío. Dinero, ese mal de nuestra época, sí. Por suerte, no me falta. Hice fortuna en Ecuador —de donde era natural Natividad, mi primera mujer—, gracias a mis inversiones en terrenos, a una agencia turística y a mi participación en la cadena Pura Vida. Pero no fui afortunado en el amor. Nati murió de un absurdo accidente de tráfico y Olga, mi segunda esposa, también ecuatoriana, me abandonó por otro hombre. Yo había dejado de quererla y apenas sufrí. En el propio Quito tramitamos el divorcio y en paz. ¡Hay que ver, Martina, con qué sencillez y confianza te estoy contando mi vida!

Tras mi separación de Olga, hace solo unos meses, a principios del pasado agosto, uno de mis socios, un ecuatoriano, Adán Campos, recibió un obsequio tan extraño como anónimo: una flechita amazónica envenenada con curare. Ese primitivo dardo, adornado con plumas de pájaros silvestres, apareció en el escritorio de su estudio, en su casa de las afueras de Quito. Ningún miembro de su familia ni del servicio doméstico acertó a explicarse de qué modo la flecha había llegado hasta allí. Adán nos informó del incidente en la reunión de nuestra junta directiva, a la que asistíamos los cuatro socios de Pura Vida: el propio Campos y Wilson Neiffer, ambos ecuatorianos; y Jaime Durán y yo, por la parte española de la empresa.

A los pocos días de haber recibido aquel dardo, Adán Campos desapareció misteriosamente. Como cada mañana, había salido en su coche para dirigirse al centro de Quito, donde abría nuestra oficina principal. Pero nunca llegó. Cuando su tardanza se hizo inquietante, y temiendo que hubiera sido víctima de un secuestro, dimos parte a la policía. Durante una semana, no hubo noticias de Adán... hasta que apareció su cabeza.

No vas a creerme, Martina. La habían reducido al tamaño de una pelota de tenis, pero era la suya, era la cabeza de Adán Campos... Alguien, la misma mano que había abierto en la noche la puerta de su casa para dejar, como advertencia, aquella tosca flechita jíbara, devolvió a los suyos la cabeza, también jibarizada, de Adán.

La encontraron en su despacho, sobre su escritorio, en el mismo lugar donde habían depositado el dardo. Fue su esposa quien, al reordenar por enésima vez sus papeles en busca de alguna pista sobre su paradero, descubrió, aterrada, lo que había quedado de su marido: una cabecita de piel oscura, casi negra, no más grande que la de un gato. La pobre mujer sufrió un desvanecimiento. Todavía hoy no ha conseguido recuperarse. ¿Quién podía haberle hecho eso a Adán? ¿Quién, en el santo nombre del cielo, había sido lo bastante bárbaro y cruel como para decapitarle, reducir su cabeza mediante el procedimiento ritual de los jíbaros, extirpando la sustancia cerebral y los huesos del cráneo y cociendo y ahumando la piel?

Solo su cabeza, Martina. Del cuerpo de Adán Campos nada se ha vuelto a saber. La policía ecuatoriana ha sido incapaz de localizar sus restos. Sus mandos no tienen la menor idea de quién o quiénes le mataron ni por qué.

Pero esto, Martina, no es todo. Por desgracia, hay más.

Segismunda interrumpió la lectura de la inspectora irrumpiendo ruidosamente por el portón. Acarreaba un pozal de leche colmado hasta el borde, con tan mala suerte que tropezó con el escalón de piedra y cayó, derramando parte del líquido.

—¡Maldito sea Satanás y esta torpe hija suya! —exclamó, indignada consigo misma.

La inspectora se levantó para ayudarla. Segismunda se lo agradeció, pues no todos los huéspedes se habrían mostrado dispuestos a empuñar la fregona.

Una vez hubieron secado el piso, Martina volvió a sentarse a su mesa y retomó la carta, cuyas últimas páginas rezaban:

Un mes más tarde, a comienzos de septiembre, Wilson Neiffer, mi otro socio ecuatoriano, recibió una flechita similar. Como la anterior, era de artesanía indígena, amazónica, y su punta había sido untada con veneno. Wilson comunicó a la policía el lúgubre hallazgo y nos confesó a Jaime Durán y a mí, como amigos suyos, además de socios mercantiles que éramos, sus temores. Reforzó su seguridad y la de su familia sin notar nada sospechoso... hasta que también él desapareció.

Wilson había ido a jugar al golf a un club exclusivo, en Guayaquil. Entró al vestuario y, simplemente, se esfumó. Los esfuerzos por localizarle resultaron inútiles. Una semana más tarde, su cabeza, reducida y ahumada, como la de Adán, pero conservando, de una manera espantosa, su propia identidad, apareció en el estudio de su casa. Su asesino había vuelto a profanar su domicilio para, en un gesto macabro, aportar a la familia Neiffer la prueba irrefutable de la muerte de Wilson.

Ni que decir tiene, Martina, que a Jaime Durán y a mí, los dos socios españoles de Pura Vida, nos invadió un angustioso terror. La policía no ha avanzado en sus pesquisas. Los cuerpos de Adán y de Wilson no han aparecido y las horas y los días se suceden bajo una insoportable tensión. ¿Quiénes y por qué han asesinado a nuestros socios? No tenemos enemigos, no somos culpables de nada y nadie nos ha amenazado, pero Jaime Durán y yo sufrimos la agobiante sensación de encontrarnos en un grave peligro. Hemos contratado guardaespaldas y seguimos colaborando en todo momento con la policía ecuatoriana, pero sus agentes se muestran incapaces, no ya de hallar los restos de Adán y Wilson, sino tan siquiera de descubrir una sola pista para esclarecer sus muertes.

O asesinatos, Martina, pues lo han sido y han supuesto un golpe letal a nuestra empresa. Adán y Wilson eran el alma del negocio, el motor diario de Pura Vida. Jaime Durán y yo nos ocupábamos de las cuestiones financieras. Jaime, en Madrid; yo, en Quito. Liquidados por una mano negra nuestros colegas ecuatorianos (y siempre pensaré que esa mano ha sido la de un competidor nuestro, apoyado o protegido por el gobierno), Durán y yo tuvimos que enfrentarnos al reto de reorganizar la firma. Pero no supimos ponernos de acuerdo. Discutí con Jaime y decidí desprenderme de mis acciones. Liquidé mis bienes y trasladé mi centro de operaciones a un nuevo país, Belice, que lo es en muchos sentidos, pues casi todo aquí, en territorio beliceño, está por hacer.

Tras pasar unas pocas semanas en Belmopán, decidí radicarme en una de las islas, Ámbar Gris. Debido, en parte, a mi natural fascinación por los archipiélagos (tú sabes que, en realidad, Cádiz es una isla unida a tierra por un delgado istmo); y, en parte, al carácter alegre y pacífico, netamente tropical, de sus habitantes.

Acabo de adquirir un hotel y una residencia junto

al mar, con un jardín en suave descenso hacia la playa. La casa se llama Coral Reef, como la punta de arena, y he mantenido el nombre. Una casa, Martina, en la que espero puedas visitarme y alojarte en breves fechas. Viaje que, desde mi egoísta punto de vista, confío no sea solo de placer. Porque, además de disfrutar de las bellezas del Caribe y de mi hospitalidad, tu privilegiada mente tendrá la oportunidad de enfrentarse a un nuevo enigma, que no dudo sabrás resolver.

Con esa esperanza, fundada en tu sagacidad policial, te remito esta primera carta. En cuanto se produzca alguna novedad o disponga de nuevos datos sobre los crímenes de las cabezas jíbaras, te enviaré la próxima.

Junto con mi cariño y la esperanza de volver a verte muy pronto.

P.D.: ¿Adivinas cuál es el postre de la casa en el restaurante de mi hotel de Ámbar Gris, que he bautizado como La estrella del sur, en recuerdo al chiringuito familiar de nuestra playa de Cádiz? Helado de corte de tres sabores: chocolate, fresa y vainilla.

Interprétalo como un pequeño homenaje a nuestra infancia.

Te amo.

13

Tras la lectura de aquella desconcertante misiva, la inspectora se quedó tan perpleja que se olvidó de surfear. Pese a que hacía buen tiempo, ese día no iría a la playa de Alangre ni se ajustaría el traje de neopreno.

Muy por el contrario, permaneció durante más de una hora en el comedor de la casa rural, ensimismada, fumando y tomando una taza de café tras otra mientras garabateaba notas y releía aquella perturbadora carta, hasta que memorizó sus principales párrafos.

Las alusiones personales y la detallada información que el remitente demostraba poseer acerca de ella le estaban provocando el efecto que, con toda probabilidad, Arrúa se había propuesto inspirarle: desasosiego y una acuciante curiosidad por saber si lo que afirmaba en su texto manuscrito respecto al supuesto peligro que corría su vida era tan verídico como las referencias a la playa Victoria y a sus vacaciones gaditanas.

Cuando hubo acabado con la cafetera, Martina subió a su habitación, en la buhardilla de la posada, se tumbó en la cama y volvió a leer por enésima vez las cinco cuartillas escritas en aquel papel naranja, analizando frase por frase y palabra por palabra.

En una hoja de su cuaderno siguió apuntando los hechos. En otra, las referencias que supuestamente Arrúa había compartido con ella. Estas últimas alusiones se presentaban como envueltas en un aire de recreación novelesca, por lo que, aun siendo ciertas, movieron a Martina al recelo.

El estilo era, sin embargo, notable. Desde un principio, la había fascinado por lo que tenía de hipnótico y, ¿cómo expresarlo?, «de relato», como si hubieran urdido un cuento narrado especialmente para ella, más inquietante y morboso a medida que el narrador de aquella historia de sacrificios jíbaros le hacía partícipe de su trama, y también como si, de un modo que la detective ni siquiera podía intuir, ella misma estuviera implicada en su trama y fuese parte del problema.

«Tal vez, de su solución», se preguntó acto seguido. Pero ¿quién era Pedro Arrúa? ¿Existía realmente o era un nombre falso, un seudónimo? ¿Qué le pasaba, estaba perdiendo memoria? ¿Por qué le costaba tanto disipar las brumas de su adolescencia?

La inspectora encendió un cigarrillo y aspiró hondo para hundirse en el pasado y encontrar un hilo conductor, pero había olvidado tantas cosas...

Su mente se concentraba mejor en la oscuridad. Bajó la persiana y apagó la luz de la buhardilla. Inspiró el humo del tabaco, vació su mente y la hizo regresar a Cádiz, a los atardeceres frente al mar, a la bahía y al barquito que la cruzaba hasta el Puerto de Santa María. Apoyándose en un aluvión de recuerdos, consiguió hacer emerger al autor de la carta, al hijo del toldero de playa Victoria... ¡Sí, era él! Cerró los ojos con fuerza, negrura sobre negrura, hasta que una luz se hizo en su mente. En la lechosa claridad pudo ver a Pedrito Arrúa, y también a sus padres. Sí, eran ellos... Pero había algo opaco en sus caras, una sombra torva... Al toldero, el padre, que se llamaba Santiago, le faltaba media oreja. Siempre estaba al sol, con su pantalón corto y su camiseta de tirantes. En cambio, su mujer, Rosarillo, se pasaba el día a la sombra del chiringuito, sentada en un taburete, con los pies a remojo en un barreño de agua salada.

Pedrito, el hijo de ambos, tenía el cabello rizado, labios gruesos, un aire de efebo sucio y sensual y una musculatura más propia de un chico mayor.

Martina recordó que, en una ocasión, Pedro Arrúa le había cogido la mano en el cine. Y recordó también, no sin cierta inquietud, que en aquel instante ella habría deseado sobre todas las cosas de este mundo que la hubiera besado apasionadamente, tal como hacían las parejas cinematográficas en las películas de amor.

Pero Pedrito no se había atrevido a abrazarla.

Después, ella se fue.

Y, ahora, él regresaba.

14

Sin levantarse de la cama, Martina encendió la luz y el portátil y entró en la red.

Unos pocos minutos de búsqueda le bastaron para localizar unas cuantas referencias periodísticas acerca de las misteriosas desapariciones de Adán Campos y Wilson Neiffer en Quito, Ecuador.

La noticia, a pesar de su espectacularidad, no había saltado a la prensa española, aunque los principales periódicos ecuatorianos informaron en su día de ambos sucesos, incluyendo fotos de los empresarios supuestamente asesinados y de sus lujosas viviendas.

Tras leer tres o cuatro de aquellos reportajes, Martina tuvo que admitir que, en lo que tenía de crónica, la carta de Pedro Arrúa se ajustaba fielmente a la realidad.

En la capital ecuatoriana, en cuyos círculos empresariales los propietarios de la cadena Pura Vida ocupaban un destacado lugar, dos de los responsables de la firma, Adán Campos y Wilson Neiffer, se habían esfumado sin dejar rastro. A la semana de sus respectivas capturas, sus cabezas, reducidas a la manera jíbara, habían aparecido en sus propios domicilios. Los medios no habían reproducido imágenes de esas cabezas. Con toda probabilidad, supuso

Martina, la policía no habría permitido su difusión. Las informaciones periodísticas tampoco mencionaban, por ejemplo, las flechitas envenenadas, datos que podían comprometer los cauces de la investigación.

Tareas que, pese al tiempo transcurrido (cuatro meses desde la desaparición de Campos, en agosto, y dos desde la de Neiffer, en octubre), no habían dado frutos. De sus cuerpos no se sabía nada. De sus secuestradores o ejecutores, tampoco.

El instinto de Martina le decía que se encontraba frente a un caso excepcional. Decidió tomar la iniciativa y ponerse a hacer una serie de llamadas. Lo intentó con su móvil, pero, debido a la altitud de La Encantona, que aquellos días estaba rodeada de brumas permanentes y masas de nieve, tuvo problemas de cobertura y optó por usar el teléfono fijo de su habitación.

15

El primer número que marcó fue el de Francisca Barrios, una joven agente a sus órdenes en la Brigada de Homicidios de la Comisaría Central de Madrid.

Martina la conocía desde hacía poco tiempo, pero le inspiraba bastante confianza. En algunas cosas, le recordaba a ella cuando era más joven.

Paquita —como todo el mundo la llamaba en la brigada— cogió su móvil al segundo pitido. Era rápida para todo, pensó Martina. «A veces, demasiado impaciente.»

—¡Ah, inspectora! ¿Es usted?

—Sí, Paquita, buenos días. ¿Qué tal por la brigada?

—Entre nosotras —repuso la agente con la voz melosa, el desenfado y la ironía que la caracterizaban como la buena gallega de que presumía ser—, esto es una jaula de grillos.

—¿Por qué? ¿Qué ha ocurrido?

—Exactamente no lo sé, pero el comisario Redondela ha debido desayunar lengua de tigre. Se ha presentado hecho una verdadera fiera.

La ironía de Martina fue lapidaria:

—¿Por fin se ha decidido a mostrar en público su auténtica naturaleza?

Paquita se dejó sacudir por una risita.

—¡Tendría que haberlo visto! No estaría más cabreado si su mujer lo hubiera echado de la cama después de darle un gatillazo... Y eso que hay quien dice que es de gatillo fácil.

Martina la amonestó:

—Cuidado, Paquita. Puede que no sea cierto y, además, me suena a machismo.

Ahora fue su subordinada la que acuñó una cáustica réplica:

—No lo sería si no le gustase tanto disparar fuera de la galería de tiro.

Martina no tuvo más remedio que sonreír. No era tan fácil enfadarse con Paquita.

—No descartemos causas domésticas para explicar su malestar, pero tampoco que algún pez gordo le haya forzado a rendir cuentas, y de ahí su estado de ánimo.

—¡Claro, inspectora, lleva razón! Ayer mismo hubo una reunión de la cúpula policial en el Ministerio del Interior. El comisario Redondela fue convocado para exponer la estadística de crímenes en Madrid... ¡Usted siempre tan atinada en sus deducciones!

Martina era refractaria al halago.

—No es necesario que me des jabón, Paquita. Sin necesidad de hacerlo, te tengo en muy alta estima.

—Procediendo de usted, me lo tomaré como un elogio.

La inspectora soportaba tan mal las cortesías telefónicas como las ofertas publicitarias de las compañías operadoras.

—Dejémonos de cumplidos y vayamos al grano.

De inmediato, la agente Barrios adoptó un tono profesional.

—Usted manda, inspectora. ¿En qué puedo ayudarla?

Martina iba a resumirle la historia de los empresarios decapitados en Ecuador, pero comprendió que por teléfono no iba a ser capaz de exponer el contenido de una carta procedente de Belice que la implicaba en un puzle irracional de amores adolescentes y asesinatos inspirados en la tradición jíbara de reducir cabezas al tamaño de una naranja. Tras una introducción muy somera, se limitó a proporcionar a Paquita el nombre de Jaime Durán y a solicitarle información sobre su persona, sin revelarle que ni lo conocía ni había oído hablar de él antes de recibir la carta de Pedro Arrúa.

La respuesta de Paquita la dejó fuera de juego.

—¿Cómo lo ha sabido, inspectora?

—¿Sabido qué?

—Que Jaime Durán ha desaparecido.

El aire entró con más dificultad en los pulmones de Martina, pese a lo cual sus dedos se posaron automáticamente en el paquete de Player's.

—¿Hablamos del mismo Jaime Durán, un empresario del sector turístico con intereses en Sudamérica, especialmente en Ecuador?

Paquita se lo confirmó.

—Coincide, inspectora. Tiene que ser él.

—¿Y dices que lo han secuestrado?

—Eso es lo que su familia teme. Por eso han recurrido a nosotros. El asunto está sobre su mesa, inspectora.

Por algún resquicio de la buhardilla de La Encantona se colaba el frío del invierno. En la soledad de su habitación, Martina se quedó mirando las cuartillas de Arrúa, distribuidas en abanico sobre el cobertor de su cama. Adán Campos, Wilson Neiffer y, ahora, Jaime Durán... Tres desapariciones, ¿tres crímenes?

—¿Sigue ahí, inspectora? —preguntó Paquita.

No hubo respuesta. Como si se hubiera olvidado de la agente Barrios, Martina continuó un rato mirando abstraída la pintura colgada sobre el cabezal de su cama.

Era una tabla antigua. Representaba el martirio de una mujer cristiana a la que iban a decapitar por su empeño en defender su fe. Al pie del lienzo, en góticas letras capitulares, se identificaba a la mártir: Santa Catalina. Sugestionada por la certeza de que el caso de las cabezas jíbaras, como ella misma comenzaba a denominarlo en su subconsciente, acababa de dar otro paso decisivo para convertirse en materia de una investigación, la inspectora se acarició el cuello sin darse cuenta y preguntó:

—¿Cuándo ha desaparecido Jaime Durán, a qué hora?

—La denuncia entró a última hora de la tarde de ayer —concretó su agente.

—¿Interpuesta por quién?

—Por la señora Durán.

—¿Cuál es su verdadero nombre?

—Bárbara Luna.

—Descríbela.

Paquita soltó un bufido:

—Es una de esas mujeres que no son de clase alta, pero que tienen clase, y que unas veces juegan a ser modelos y otras grandes señoras, sin que se sepa muy bien quiénes son porque incluso ellas mismas han dejado de conocerse, suplantadas por el modelo que aspiraban a imitar.

Martina sonrió.

—La has definido muy bien, Paquita. Mejor, sospecho, de lo que debió caerte.

La agente Barrios no ocultó su animadversión hacia Bárbara Luna.

—¡La muy pija! No se imagina cómo me trató, inspectora... Como si yo perteneciese a una especie inferior. ¡Por mí, le hubiese pegado una patada en los ovarios y la hubiese puesto a fregar suelos!

Obedeciendo a un automatismo, Martina pensó en las losas que acababa de limpiar en el comedor de la posada. El mismo mecanismo asociativo le hizo presuponer que probablemente Paquita y Segismunda compartirían más de un rasgo en sus fuertes caracteres. Cualquiera de las dos podría hacer frente a varios problemas al mismo tiempo. Sin ayuda y con los pantalones bien puestos.

Martina dio a su pitillo una calada de dos centímetros.

—Resúmeme los términos de la denuncia, Paquita. Referencias, detalles...

—Más que un resumen, inspectora, le referiré con exactitud lo que ha ocurrido hasta ahora. Así dispondrá de toda la información.

—Adelante, te escucho.

Paquita le explicó que cuando Bárbara Luna se presentó en comisaría —sobre las nueve de la noche anterior— no habían transcurrido ni cuatro horas desde que Jaime Durán había dejado de dar señales de vida. Para justificar su histérica reacción, pues estaba tan fuera de sí como si acabaran de matar a su marido, la señora Durán les contó al subinspector Bergua, que estaba de guardia, y a la propia Paquita, que dos de los socios de Jaime Durán habían desaparecido en Quito después de haber recibido amenazas de muerte y que su esposo temía que también a él pudiera pasarle algo malo. Durán había abandonado su oficina a las cinco de la tarde. Desde entonces, nadie le había vuelto a ver.

Su secretaria personal, Angelines Broto, con quien Paquita había hablado en persona hacía apenas una hora en el despacho del empresario, radicado en el Paseo de la Castellana, junto al Hotel Intercontinental, les dijo que Durán había salido acompañado por un individuo al que ella nunca había visto antes. Un desconocido que, previamente, por teléfono, le había solicitado una cita con su jefe, bajo el nombre de José María Cortés.

Paquita siguió refiriéndole a Martina que a la secretaria le había llamado la atención dos cosas. Una: que Durán saliera a esa hora del despacho, porque no tenía prevista ninguna cita fuera. Y dos: que se dirigiera al ascensor de la planta precediendo a su visita, siendo, opinó la secretaria, «que si uno de los dos era de verdad cortés, ese era don Jaime». «Porque mi jefe es educadísimo, un caballero en todo momento», había apostillado la secretaria.

—Quizás a esa Angelines no le importaría ser su dama —apostilló a su vez Paquita, como sarcástica conclusión.

El comentario hizo sonreír a Martina, antes de preguntar:

—¿La secretaria describió a la visita, a ese José María Cortés?

—Sí —asintió Paquita—. Lo pintó como un hombre corpulento y no muy bien vestido. De unos cincuenta años. Con un pelo espeso y negro y una barba que no parecía natural.

—¿Postiza?

—No podía saberlo, pero tal vez. La barba era más clara que el pelo, cobriza, incluso, por eso lo pensó.

La inspectora lo puso en duda.

—Por eso, precisamente, sería auténtica. ¿Era español?

—La secretaria lo dio por supuesto. Meridional. Andaluz o canario, por el acento.

—¿Percibió algún otro rasgo distintivo suyo?

—Usaba unas gafas de sol y no se le veían los ojos. Caminaba con rigidez. ¿Puede que estuviese encañonando a Jaime Durán y que por eso el empresario saliera delante de él?

Sin valorar esa especulación, la inspectora sostuvo el portátil con el hombro mientras apuntaba algunos datos en su agenda, antes de seguir razonando:

—Ese tal Cortés habló con la secretaria, muy bien, pero ¿y con Jaime Durán? ¿Conversaron delante de la señorita Broto, intercambiaron frases, una palabra, siquiera, o se limitaron a salir en silencio de la oficina, pasando delante de Angelines sin decirle adiós?

Paquita se quedó pensativa.

—No se me ocurrió plantearlo, inspectora. Tendría que volver a interrogar a la secretaria.

—Pues hágalo hoy mismo y llámeme con lo que Angelines Broto haya podido recordar de nuevo o de más. ¿Faltaba algo en la oficina, echó la secretaria de menos algún objeto cuando se marchó Cortés? ¿Algún sobre de color naranja, quizá, procedente de Belice?

Paquita consultó sus notas y asintió con asombro.

—¡En efecto, inspectora! Un sobre de papel naranja. ¿Cómo lo ha sabido?

—Porque he recibido otra de esas cartas, y del mismo autor... Mañana os lo explicaré. Pero ahora dime, Paquita, ¿habéis registrado la casa de Jaime Durán?

La agente Barrios repuso negativamente. Su superiora le urgió:

—Quiero que te lleves a los de la científica y que le deis un vistazo a la vivienda de Durán. En particular, al estudio y a su mesa de gabinete.

—¿Al escritorio? ¿Por qué?

—Porque tal vez, solo tal vez, alguien haya dejado sobre la mesa una pequeña flecha. Si es así, envíala al laboratorio y que comprueben si hay huellas en el tallo del dardo o veneno en la punta.

—Así se hará, inspectora. Pensábamos ponernos a investigar ahora mismo el entorno de Durán.

—Hacedlo y centraos en quienes pudieran perjudicarle.

—¿A qué proporción de daño se refiere? ¿Como para hacerle desaparecer del mapa?

Martina afirmó con cautela:

—Pudiera ser.

—¿Tiene alguna pista, inspectora?

—Preguntad a la esposa de Jaime Durán sobre las relaciones entre su marido y uno de sus socios, destinado en Ecuador. Me refiero al autor de esas cartas enviadas en sobres anaranjados. Anota el nombre: Pedro Arrúa.

—Ya está apuntado, inspectora, pero no acabo de adivinar de qué va este asunto. ¿Mafias empresariales, espionaje industrial, evasión de impuestos?

El silencio de Martina indicó que tampoco ella lo tenía claro.

—Os mostraré la carta de Arrúa y os daré las pocas explicaciones de que dispongo en cuanto regrese a Madrid. Mientras tanto, Paquita, llámame con cualquier novedad que se produzca en torno a Jaime Durán. Lo que sea, te parezca importante o no. Ese hombre puede estar en peligro. En serio peligro.

16

La segunda llamada de Martina fue a un antiguo conocido suyo, el inspector Antonio Castillo, que continuaba destinado en Cádiz.

Martina había trabajado con él en casos anteriores. Se conocían bien. Castillo le resultaba un compañero próximo, con sentido del deber y del humor, elementos que no siempre comulgaban entre los profesionales de las fuerzas de seguridad.

El inspector gaditano se alegró mucho de volver a saber de ella. Intercambiaron unas cuantas frases afectuosas y Martina pasó a exponerle lo que necesitaba de él: información sobre un ciudadano relacionado con Cádiz, probablemente natural de la ciudad. Su familia, al menos, era gaditana. Le dio el nombre: Pedro Arrúa. Cuando Martina mencionó a su padre, el toldero de playa Victoria, el inspector Castillo, que tenía caseta propia en esa playa y había tomado innumerables cervezas Cruzcampo en sus chiringuitos —La estrella del sur entre ellos—, se acordó a la primera de él.

—¡El toldero, ya lo creo! Santiago. Lo vi siempre con el mismo calzón colorado y los hombros despellejados por el sol. Murió, ¿sabías?

La inspectora lo ignoraba, naturalmente.

—Era todo un personaje —recordó Castillo—. Pero al chiquillo suyo no le pongo cara.

—Pedrito —dijo Martina. Por alguna razón que no acertó a adivinar, sintió aversión al pronunciar su nombre—. Yo, sí. A veces, venía con mi pandilla. Le perdí de vista siendo niña. Debió emigrar a América muy joven. Hizo fortuna con una cadena de hoteles. Me ha escrito una carta con noticias un tanto... desconcertantes.

—¿Qué clase de noticias?

—Arrúa teme ser víctima de un complot.

—¿Tiene miedo de que lo asesinen?

—Exactamente. Dos de sus socios han desaparecido y vuelto a aparecer en forma de cabezas jíbaras. Sí, eso es, Antonio... Solo las cabezas, reducidas y ahumadas hasta quedar arrugadas como nueces. No se han encontrado los cuerpos. Nuestros colegas de la policía ecuatoriana están perdidos. Arrúa teme por su seguridad y acaba de abandonar Ecuador para refugiarse en Belice.

Castillo silbó quedo.

—Desapariciones, cabezas jíbaras... Caramba, Martina, parece una película de terror... He estado en Quito, pero no en Belice. Me han dicho que es un paraíso terrenal.

La inspectora añadió:

—Y fiscal.

Martina le habló de las desapariciones de Adán Campos y de Wilson Neiffer y terminó de detallarle el caso. Castillo se comprometió:

—Intentaré ayudarte en la medida de mis fuerzas, Martina. Reuniré los datos que pueda sobre ese Arrúa y te llamaré en cuanto averigüe algo.

17

Para concluir su ronda de llamadas, la inspectora contactó con Práxedes Gutiérrez, un agente de Estupefacientes con el que había trabajado en el desmantelamiento de una banda de traficantes de hachís que operaba en el mismo centro de Madrid. Práxedes, dotado de virtudes camaleónicas y del necesario valor, había conseguido introducirse en el círculo íntimo de los traficantes. Su aportación resultó decisiva para el éxito de aquella misión.

Con anterioridad, el agente Gutiérrez había estado destinado en Ecuador, entre otros países iberoamericanos donde operaban los principales cárteles de la droga, por lo que, tal vez, quiso suponer Martina, tuviera alguna información acerca de los empresarios ecuatorianos supuestamente asesinados en Quito, Adán Campos y Wilson Neiffer.

La inspectora localizó a Práxedes en su teléfono móvil. El agente Gutiérrez se encontraba en Madrid. En un par de días, iba a salir para Bogotá. En un principio, no tenía previsto desplazarse a Ecuador, pero adelantó a Martina que, según se fuese desarrollando la investigación que allí le llevaba, y de la que nada le detalló, no descartaba cruzar la frontera.

Al contrario que ese ferviente comunicador que era el inspector Castillo, Práxedes, nacido en Burgos, castellano de pura cepa, se expresaba con pocas palabras. Dejó que la inspectora le expusiera las principales características de aquel enigmático asunto de las cabezas jíbaras y se tomó unos segundos de reflexión, como poniendo a punto su memoria. Después de carraspear y disculparse, pues se había enfriado, utilizó su lacónico castellano para asegurar a Martina que estaba prácticamente seguro de no haber oído hablar jamás de Adán Campos o de Wilson Neiffer. El nombre de Pedro Arrúa, sin embargo, le resultaba vagamente familiar, sin que por el momento consiguiera precisar de dónde o por qué.

Práxedes recordó que algún tiempo atrás, no mucho, se había descubierto en Quito una banda que se dedicaba a comerciar con cabezas jíbaras. No disponía de más información a mano, pero se comprometía a consultar a sus fuentes y a remitir a Martina, a la menor tardanza, cuantos datos pudiera reunir.

La inspectora le dio las gracias y le deseó todo el éxito en su nueva misión.

18

La inspectora dio por concluida su ronda de llamadas y subió las persianas de la buhardilla. Instantáneamente, una ráfaga de luz blanca, nívea, la deslumbró. El Naranjo de Bulnes se erguía con majestad bajo una corona de nubes. La engañosa perspectiva aparentaba situar el legendario macizo casi al alcance de la mano.

Como había decidido no surfear, Martina tomó una ducha y se lavó el pelo. Cuando hubo terminado con el secador, destapó su pluma estilográfica y anotó en su cuaderno:

10 de agosto: desaparición de Adán Campos, Quito.

17 de agosto: aparición de la cabeza de Adán Campos, Quito.

10 de octubre: desaparición de Wilson Neiffer, Quito.

17 de octubre: aparición de la cabeza de Wilson Neiffer, Quito.

4 de diciembre: desaparición de Jaime Durán, Madrid.

Llamaba la atención la circunstancia de que los secuestros de los empresarios ecuatorianos se hubieran producido con dos meses de diferencia. ¿Tendría algo que ver con alguna fecha emblemática de la compañía Pura Vida?, especuló Martina. ¿Con alguna clave interna?

Las dos primeras desapariciones parecían obedecer a algún tipo de pauta. Campos y Neiffer fueron secuestrados los días diez de cada mes, y sus cabezas devueltas una semana más tarde.

Sin embargo, la desaparición de Jaime Durán no encajaba en la serie.

¿Era una serie?

19

—¿Va todo bien, Martina? —preguntó Segismunda desde la escalera de acceso a la buhardilla, extrañada de que la inspectora, pudiendo estar disfrutando de las olas, se hubiese encerrado en su habitación, como si estuviese enferma.

La detective abrió la puerta con brusquedad.

—¿Cómo me dijiste la otra noche que se clasificaban los hombres?

Segismunda retrocedió un paso porque el gesto de su huésped favorita era tan vehemente que echaba para atrás.

—¿Los animales de dos piernas? Entre los nacidos para amar y ser amados y aquellos de corazón seco a quienes la pasión reverdece... ¿Por qué me lo preguntas, Martina? ¡Ah, ya entiendo! Quieres saber a qué categoría pertenece el que te ha enviado la carta. ¿Lo has identificado?

—Aún no.

—Debe de ser un hombre muy interesante.

—¿Por qué lo crees?

—Porque te interesa a ti. ¿O no?

—Puede... Por lo menos, no me aburro con él.

—¡Ay, chatina! Se te amontona el trabajo... ¡En el fondo, me das envidia!

—¿Qué insinúas?

—Que, como vas bien de salud y supongo que de dinero, consultes tu horóscopo en la sección de «Amor».

—¿A qué viene eso?

—A que a tu enamorado de la carta hay que sumar otro caballero que acaba de llamar preguntando por ti. Pensé que te habías ido a surfear, por eso no te pasé su llamada.

—¿Quién era?

—Carlos Duma.

Una ceja de la inspectora se alzó en pico.

—Adiós a la tranquilidad... ¿Y cómo ha averiguado Duma que me alojo aquí?

—No lo sé. Yo, desde luego, no se lo dije.

—Tampoco se lo negarías.

—¡Claro que no! ¿Por qué iba a hacerlo? El señor Duma, que tiene una voz preciosa, aterciopelada y grave como la de un tenor, quería una habitación para esta noche, y yo...

—Y tú se la has reservado.

—Por supuesto, querida. Vivo de los clientes, no del aire.

La tensión comenzó a disiparse en Martina.

—¿Desde dónde llamaba?

—Desde Logroño, me dijo. Viene en coche, pero hay nieve en los puertos y tardará unas cuantas horas en llegar. Eso, si ha tenido la precaución de meter un juego de cadenas en el maletero. Me pareció que le urgía verte... Contéstame a una cosita, Martina, porque tengo mucha curiosidad: ¿se trata del mismo hombre que te ha escrito la carta?

La inspectora decidió evadirse, y hacerlo literalmente.

—Necesito dar un paseo. Adiós.

Segismunda la miró como una madre protectora contemplaría a su hija rebelde: con orgullo, responsabilidad y preocupación.

—¿Te preparo un bocadillo?

—Encontraré alimento en el bosque.

La dueña del albergue rio interiormente. Desde que se había aficionado a errar sin rumbo por los Picos, Martina abundaba en ese tipo de salidas, como de manual de supervivencia.

—¿Te refieres a fresas y moras, o piensas cazar un rebeco y asarlo con leña del bosque? Disculpa —se apresuró a añadir Segismunda, dándose cuenta de que a Martina no le había hecho gracia su observación, al llevar implícita su conocimiento de que había traído con ella un arma. Una pistola de cañón corto y bruñido que la patrona había visto en más de una ocasión al hacerle el cuarto.

La inspectora rezongó:

—No me gusta la caza.

Segismunda le replicó con picardía:

—¿La del hombre tampoco?

—Puede, pero esta vez intentaré que no me cacen a mí.

La posadera le apoyó una mano en el hombro.

—Tú sabrás lo que haces con tu vida, chatina mía. Eres muy dueña de compartirla o no, pero si uno de esos peludos animales de dos patas viene a buscarte hasta un lugar tan apartado como este, solo puede significar una cosa.

—¿Qué?

—Que está loco por ti.

La inspectora se encogió de hombros.

—¿Y qué quieres que haga?

—Concederle una oportunidad. Es lo que yo haría. Abrirle una ventana en mi vida. Nunca cerrarle la puerta.

Martina cedió:

—No te he preguntado qué harías en mi lugar, pero le concederé esa oportunidad... a mi manera.

La inspectora cogió ropa de abrigo y bajó las escaleras. Antes de salir al frío exterior, encargó a Segismunda:

—Cuando llegue Duma, dile que estaré en las ruinas de San Nicolás. Ya sabes, en el bosque, sobre la ría. Podrá encontrarme allí al atardecer, a la caída del sol, y tendrá su oportunidad. De esa manera, tranquilizaremos tu conciencia y la mía.

La patrona objetó:

—No me parece un lugar demasiado romántico, con las tumbas de todos esos monjes y algún lobo aullando por los alrededores.

—A él le encantará.

—¿Tan bien conoces sus gustos?

Martina se limitó a admitir:

—Estamos empezando a soportarnos mutuamente.

Segismunda intentó tirarle de la lengua para conocer más detalles de su relación, pero Martina, como temiendo haber dicho demasiado, se cerró en banda.

La patrona la acompañó sonriendo al portón. Nada más abrirlo, una corriente de aire helado se coló en La Encantona.

Había un pajarito muerto junto al felpudo. Segismunda lo recogió con pena.

—Espero que no sea un mal agüero. No te inquietes, Martina. Anda tranquila, que daré tu recado a tu Romeo. ¿Quieres que haga de celestina? Antiguamente, se me daba muy bien.

Bajo el ala de su sombrero, la inspectora le enfocó una mirada oblicua. Sus ojos brillaban, pero Segismunda no podía saber si era de esperanza o recelo. Con aquella mujer indómita que ya se alejaba con paso ágil por el prado espolvoreado de escarcha, nunca estaba segura de nada.

20

A dos horas y media de La Encantona y en la hondura de un bosque de robles se ocultaban, colonizadas por la maleza, las ruinas de una antigua iglesia románica.

San Nicolás. Su ábside se había derrumbado parcialmente. Solo un trozo de cúpula en forma de gajo de naranja resistía, dando precario cobijo a lo que había sido el altar.

La mesa sacrificial había sido trasladada al Museo Diocesano de Oviedo, pero el rescate había llegado tarde para las pinturas murales y para los capiteles. Sus bíblicas escenas de profetas y animales fantásticos —unicornios, leviatanes, gárgolas— mostraban lacerantes mutilaciones de escoplo y martillo. En sus destrozados relieves apenas podían adivinarse una corona, la cola de un pez, un pie calzado con una sandalia.

El claustro estaba sembrado de lápidas rotas, centenarios sepulcros de los monjes que allí habitaron, oraron, murieron. Contemplar esas fúnebres piedras hacía difícil meditar en algo distinto al olvido, la muerte o la resurrección.

Tampoco Martina, y menos aún en el melancólico estado de ánimo en que se hallaba, se resistió a esas sugestiones, acentuadas por la oscuridad de la tarde.

Durante buena parte de su larga caminata había llovido. En el bosque de robles, la niebla se había cerrado sobre su cabeza como una esponja de algodón, pero al llegar al fantasmagórico claustro de San Nicolás había despejado un tanto. Aprovechando un fugaz resol, Martina se detuvo a descansar en el brocal del pozo. Encendió un cigarrillo y, sin quererlo, se puso a pensar en la muerte de su padre y en todo lo que en vida el embajador Máximo de Santo había significado para ella: inspiración, estímulo, protección...

La relación de Martina con su madre, en cambio, no había sido fácil. Hacía bastante que no se veían, aunque, de vez en cuando, hablaban por teléfono.

Ella, Elisa, una señora de la alta sociedad madrileña, abogada de profesión, había cumplido sesenta y cinco años, pero se conservaba muy bien. Se había divorciado años atrás de su marido, el embajador Máximo de Santo, y vivía en Madrid, en una urbanización exclusiva, con un ex ministro de Adolfo Suárez, divorciado, a su vez, y con sus tres hijos, todos más jóvenes que Martina. Elisa jamás había aceptado que su única hija, educada para la diplomacia, hubiese elegido hacerse policía. Ni siquiera los éxitos de Martina la habían hecho cambiar de opinión.

La inspectora no tenía otros parientes próximos. Su único hermano se había suicidado muy joven, y su tío Alberto había muerto recientemente en un accidente de navegación. La tía Dalia, que no había superado esa tragedia, venía desarrollando síntomas de lo que parecía la enfermedad de Alzheimer. Por culpa de su trabajo, Martina no había podido ir a verla, pero ahora se prometió visitarla en cuanto le fuese posible en su luminoso piso de la calle Ancha de Cádiz, donde ella pasaba los veranos.

Un tanto deprimida por esos pensamientos, la detective hundió la mirada en el pozo del claustro y tuvo una lúcida y dolorosa conciencia del tiempo que huía remansándose como agua oscura hacia aquel otro pozo de sombras, más cenagoso y profundo, que llamamos «pasado».

La celebración de Todos los Santos aún estaba reciente. En esa fecha, Martina había visitado la tumba de su padre, en el cementerio de Toledo. Le llevó un ramo de violetas, su flor predilecta, y ante su lápida se hizo la ilusión de estar conversando mentalmente con él. Poniéndole al día de sus cosas, tal como hacían cuando el embajador, siempre ocupado, pero, también, un buen padre, procuraba encontrarse con ella tres o cuatro veces al año, en un país o en otro, en una u otra ciudad.

«De manera que sigues soltera», le había recriminado en aquella última visita el espíritu paterno desde el más allá. «He conocido a un amigo que tal vez te gustaría —le informó la voz interior de Martina—. Es antropólogo. Se llama Carlos Duma. Su apellido quizá no te resulte familiar, pero puede que el tío Alberto se cruzase con él durante sus expediciones amazónicas.» Con una voz seguramente parecida a la del fantasma del padre de Hamlet, Máximo de Santo había solicitado una descripción de aquel antropólogo por el que tanto se interesaba su hija. Alarmada por la claridad con que el telepático mensaje había resonado en su cerebro, Martina se había girado para comprobar si alguien en el cementerio toledano estaba susurrando esas palabras a su espalda... Del mismo modo que en ese instante, regresando al presente, rodeó el claustro de San Nicolás porque tras los muros había oído un ruido como de piedras golpeando entre sí.

«¿Alguien que se acerca por el sendero?», pensó. Para averiguarlo, se aproximó a la linde del bosque. Sus otoñales colores combinaban sinfonías de rojos y grises. El aire pesado y húmedo olía a hierba mojada y a troncos muertos pudriéndose bajo la hojarasca. No corría un soplo de brisa. Martina encendió un cigarrillo y el humo ascendió como un penacho, hasta deshilacharse en las copas de los árboles.

Todo estaba silencioso, inmóvil. Al poco rato, oyó pasos y vio cruzar el puente románico y avanzar por la boscosa senda a un caminante. Podía ser un peregrino del Camino de Santiago (el gorro para la lluvia y su cayado así lo sugerían), pero la inspectora reconoció su cadencia al caminar y la forma de mover el brazo izquierdo, agitándolo con una breve sacudida a la espalda.

No cabía la menor duda.

Era Carlos Duma.

21

Martina dejó que se acercara, sin dejar de observarle con una expresión hierática.

—¡Hola, mujer misteriosa del bosque! —la saludó él.

Ella no le iba a corresponder con el mismo entusiasmo.

—¿Cómo me has encontrado? ¿Quién te ha dicho que estaba aquí?

Después de recorrer en coche medio país y caminado tres horas por senderos de montaña, el antropólogo había confiado en una bienvenida más cálida. Su sonrisa se desvaneció bajo su barba.

—¿No te alegras de verme?

La voz de la inspectora seccionó las palabras como un cuchillo de hielo.

—Te he hecho dos preguntas. Contesta a la primera.

Carlos se mordió la lengua. A veces, la frialdad de Martina le sacaba de quicio. El antropólogo tuvo que recurrir a todo su sentido del humor para adoptar un tono jocoso:

—¿Que cómo te he localizado? ¿Olvidas que soy especialista en seguir rastros? Si descubrí a los indios mashco-piros en lo más profundo de las selvas de Perú, ¿cómo no iba a encontrar en la costa asturiana a la mujer de mi vida?

La detective aplastó el cigarrillo y encendió otro.

—Lo dices como si me hubieras perdido.

—Esa sensación tuve al quedarme solo en Madrid.

—¿Cómo me has localizado? En serio.

—Se te escapó contarme que te refugiabas en un albergue de Asturias y, como sé que surfeas, busqué en la red y llamé a unas cuantas casas rurales hasta dar con la tuya. ¡Vuelve conmigo, Martina! Te lo pido de corazón.

Martina no dio el menor síntoma de emoción. Su mirada seguía siendo pétrea. Granito gris.

—Tan malos consejeros como las prisas son los sentimientos apresurados.

—Te aseguro que los míos...

—Por orden, Duma. ¿No tenías que coger un avión?

—Lo perdí.

—¿Con lo puntual que eres?

—¡Necesitaba verte!

Algo pareció ablandarse en Martina. Una luz un poco más risueña dulcificó sus ojos.

—¿Pretendes halagarme convenciéndome de que te resulto más apasionante que los indios mashco-piros?

Carlos hinchó los carrillos de aire y repuso con malicia:

—¡Científicamente, no puedo estar de acuerdo! Como especie, eres única.

—E inaguantable, según repetían mi padre y mi tío Alberto.

—¿Por qué lo decían?

—Porque les sacaba de sus casillas con tanta frecuencia como a ti.

Carlos sonrió. Martina era así y no la iba a cambiar de la noche a la mañana.

—Yo también soy intransigente. Todos podemos mejorar. Cambiando de tema, me habría gustado mucho conocer a tu padre.

—Hace un minuto estaba pensando en él.

—¿Y en mí?

Martina suspiró.

—Y en ti. Sí, Duma, también en ti.

Carlos la abrazó e intentó besarla, pero ella se limitó a fruncir los labios y a ofrecerle una mejilla. Con agua de un manantial se refrescó la cara como para alejar de sí una idea funesta y, a partir de ahí, se mostró más cariñosa. Cogió la mano a su amigo y le invitó a caminar, adentrándose en el bosque.

—Es curioso —dijo al rato, mientras avanzaban entre los árboles, por el sendero—. Con mi padre, no sé, pero mi tío Alberto y tú teníais cosas en común.

—¿Además de adorarte? —indagó Carlos—. ¿Qué?

—El Amazonas y sus pueblos nativos.

—¡No me digas! ¿Tu tío Alberto estuvo en contacto con los mashco-piros?

—Con los jíbaros.

—Nunca me habías hablado de ello.

—¿Nunca? ¡Si solo hace unas semanas que nos conocemos!

—Un trimestre, Martina —la corrigió él como si estuviera midiendo el curso universitario—. Tiempo más que suficiente para tomar decisiones. Como, por ejemplo...

Ella le interrumpió sellándole los labios con la yema del dedo corazón.

—¿Como, por ejemplo, dónde iremos a cenar esta noche?

Al antropólogo, hambriento como estaba después de

un día al volante, más la caminata desde La Encantona hasta las ruinas de San Nicolás, le reconfortó la idea.

—¿En tu posada? —apuntó—. Por cierto, Martina... Tuve la precaución de reservar una habitación individual. No quería comprometerte presentándome como tu novio.

—Y no me habrías comprometido, porque no lo eres. ¡No empieces a protestar, por favor! Luego hablaremos de eso... Respecto a la cena, Segismunda no tiene servicio de comedor y no quiero molestarla. Iremos a un restaurante de Buen Suceso. Tú déjate llevar.

—¿Esposado? —bromeó Carlos.

—Y caminando delante de mí.

—¡A sus órdenes, inspectora! Si mantengo mi dócil y colaboracionista actitud, ¿dejaré de ser sospechoso?

Ahora fue ella quien le besó. Él enrojeció de placer. Martina le acarició la barba.

—Deberías afeitarte, Duma. Estarías más guapo.

—Y dejaría de estar bajo sospecha.

—Ya has dejado de estarlo.

—¿Por qué lo dices?

—Porque eres culpable.

—¿De qué se me acusa, inspectora?

Martina le rodeó el cuello con sus brazos.

—Pronto te lo diré, aunque tú ya lo sabes.

22

Volvió a llover de vuelta a La Encantona, pero no les importó. El rumor de la lluvia ahogaba sus pasos, acolchándolos sobre las hojas muertas y prestando un amortiguado eco a sus palabras.

Las de Carlos eran sentimentales y tiernas. En aquel entorno de naturaleza idílica, y desde el momento en que Martina se había decidido a estimularle con manifestaciones de cariño, abriendo una ventana, tal como le había sugerido Segismunda, a un nuevo capítulo de su relación, sus sentimientos afloraban con fluidez.

Con arrebato, el antropólogo le dijo que la quería, que no podía vivir sin ella y que la hubiera ido a buscar al fin del mundo. Volvió a besarla con ardor. Acorralada contra un tronco, Martina se sorprendió a sí misma cediendo en sus defensas y respondiendo de tal modo al embate de su caballero andante que aquel «conflicto sentimental», decididamente, se le escapó de las manos. Si Duma le proponía pagar un «peaje a la naturaleza animal», le iba a resultar muy difícil no aportar su correspondiente parte.

Siguieron caminando de la mano por parajes encantados, a través de desfiladeros y bosques.

Carlos le hablaba de la luz y de los atardeceres en el

trópico, de sus cálidas noches y de sus templadas aguas, y de lo maravilloso que sería que Martina le acompañase en alguna de sus aventuras. Tenía programados viajes con la Sociedad Geográfica, el Museo de América y otras fundaciones. Los destinos no podían ser más atractivos: Patagonia, Sudáfrica, Tasmania...

—Lo pensaré, Duma, te lo prometo —demoró ella, aunque deseando decir que sí—. Pero no me presiones.

Nada más llegar a La Encantona se tropezaron con Segismunda. La patrona estaba tras el estrecho mostrador de recepción, repasando la contabilidad con un lápiz.

Debido a su imponente presencia, y a la independencia de que la inspectora parecía disfrutar allí, Carlos se abstuvo de proponer a Martina que compartieran habitación o que subiera a cambiarse a la suya.

Habían llegado empapados. Segismunda les preparó una cafetera para ayudarles a entrar en calor y tomaron una taza frente al fuego. Después se cambiaron de ropa y cogieron el coche de la inspectora para dirigirse a Buen Suceso por la accidentada carretera de la costa.

Faltaban unos minutos para las diez de la noche cuando tomaron asiento en una mesa de Casa Genaro, el único restaurante del puerto abierto en invierno.

23

Casa Genaro quedaba junto a la lonja, a pocos metros del espigón cubierto de niebla. Era un establecimiento pequeño y familiar. Estaba decorado con acuarelas de marinas y útiles de pesca, redes, boyas, remos y panoplias de nudos marineros.

Amablemente, el propietario, el señor Genaro, les explicó que la clientela escaseaba en los meses invernales, pero que ellos no cerraban ningún día. Él mismo seguía botando de madrugada la barca que había pertenecido a su padre para capturar los pescados que, «frescos no, fresquísimos», se servirían en las mesas de su restaurante condimentados por su mujer o por su hija, «extraordinarias cocineras ambas». La calidad de la materia prima estaba, según Genaro, «más que asegurada, garantizada».

Carlos le consultó, desfallecido:

—¿Tienen pulpo?

—Y de primera. ¿El señor lo desea con pimentón, a la gallega?

Al antropólogo la boca se le hacía agua.

—Podemos acompañarlo con una botella de Albariño. ¿Te apetece, Martina?

—Por mí, bien, pero antes tomaré un whisky. De malta, si es posible.

—Iré a ver, señora —vaciló Genaro—. Whisky se consume poco. Aquí el paisano es más de orujo.

—Pues póngame un orujito a mí —se arrancó Carlos, marcando las inflexiones de su acento sevillano como si estuviese pidiendo una manzanilla en el Rocío y volviendo a coger las manos de Martina—. Estás preciosa, cariño...

Indiferente a sus lisonjas, la inspectora liberó una de las suyas para no dejar de hacer lo que estaba haciendo, que era consultar la pantalla de su teléfono móvil. Conduciendo hacia Buen Suceso lo había mantenido en silencio y le había entrado una llamada de un número desconocido, que no había dejado mensaje.

—¡Has hecho algo para estar tan guapa, dime qué! —insistió Carlos, eufórico ante la expectativa de una velada romántica en un lugar tan encantador, sin prisas, sin testigos, y con aquella mujer huidiza y fascinante toda para él.

Martina repuso con modestia:

—No estoy a la moda. Nunca me pinto ni me maquillo.

—¡Mejor para tu piel!

La inspectora apuntó con sarcasmo:

—¿Se trata de un comentario profesional, dada tu condición de médico?

Su pareja ni siquiera captó la ironía. Tan ciego estaba.

—¡Y ese vestido! Te sienta de muerte...

—¡Andaluz tenías que ser! —exclamó Martina, meneando la cabeza—. Prefiero los trajes de chaqueta. Pero esta vez, no sé por qué, cogí un vestido...

—Sería porque, en tu subconsciente, me esperabas. ¡Estás divina! Más, ¿cómo decirlo? Más... mujer.

Esa observación incomodó a Martina.

—¡Vaya frase! Parece sacada de una fotonovela.

Él rompió a reír.

—Te confesaré algo inconfesable, querida. Durante mis estancias en Venezuela, me aficioné al género. Cuando puedo, sigo las series.

—¿Tú, un científico? ¡No me lo puedo creer!

—Pues es verdad, ya ves.

—Y de ahí que hables como un engolado actor.

Carlos se atusó el pelo.

—Para expresar las locuras que tú me inspiras.

Volvió a reír, desnudando sus blancos dientes, y sirvió el vino. Martina no lo tocó, pero él apuró medio vaso de un trago.

Genaro apareció con sendas copas de whisky y orujo. Las había servido a palo seco, sin hielo, y las dejó junto a la botella de agua mineral.

La inspectora seguía revisando la memoria del móvil.

—Relájate —le pidió Carlos—. ¡Es nuestra noche!

—Lo dices como si estuviera tensa.

—A menudo lo estás.

—¿Me relajaría viendo fotonovelas?

—O tomando una buena dorada, como la que están a punto de servirte.

Desde la cocina llegaba un penetrante olor a pescado a la brasa. El antropólogo, que podía oír sus jugos gástricos protestando, arrancó un trozo de pan y se puso a masticarlo con avidez.

En ese instante, sonó el teléfono de la inspectora y su pantalla se iluminó. Esta vez, Martina reconoció el número. Era el de La Encantona.

—¿Segismunda?

—Sí, soy yo. ¿Puedes hablar?

—Por supuesto.

—¿Sigues con ese tipo?

A la inspectora le extrañó el tono y el hecho de que llamara «tipo» a su acompañante, pero contestó con naturalidad:

—Claro.

La voz de su amiga sonó imperiosa.

—En ese caso, levántate inmediatamente.

—¿Por qué?

—Para que yo pueda decirte lo que te tengo que decir.

—No es buen momento, Segismunda. Están a punto de servirnos la cena. ¿Lo dejamos para luego, sea lo que sea?

—No puede esperar. ¡Venga, aléjate de ese hombre!

Martina no se decidió a hacerlo y ambas permanecieron calladas unos segundos. Segismunda bajó la voz, cerrando su acento montañés en un murmullo casi ininteligible.

—Escúchame atentamente, Martina. Tu amigo Carlos no lleva una alianza en el anular, pero está casado. ¿Lo sabías? ¿No, verdad? Pues vete asimilándolo. ¿Vas a escucharme ahora?

La inspectora lanzó una mirada de soslayo a su compañero de mesa. El antropólogo parecía muy entretenido amasando bolitas de pan.

—Discúlpame, Duma —le dijo—, tengo que salir un momento.

—¿Salir de dónde?

—Del restaurante.

—¿Por qué?

La inspectora señaló el móvil a modo de excusa y abandonó Casa Genaro. Con el teléfono colgando de la mano caminó por la dársena envuelta en una bruma tan densa que no se veían los mástiles de los barcos. Nadie podía oírla, a menos que no hubiera fantasmas, pero notaba las peores vibraciones dentro de ella y hasta que no estuvo a una cierta distancia del restaurante no volvió a hablar.

—Te escucho —dijo a Segismunda—. Aunque no sé si va a gustarme lo que voy a oír.

—Creo que no te gustará. ¿Estás sola?

—Sí.

—¿Seguro que ese Barba Azul no te está acechando?

De pronto, Martina se sintió terriblemente cansada. Tuvo la tentación de sentarse en el muelle, pero las losas estaban mojadas y se recostó contra un noray. Bajo sus pies, las barcas pesqueras oscilaban mecidas por el flujo de la marea.

—Está casado, chatina —le reveló Segismunda—. He decidido contártelo porque esta tarde, antes de salir en tu búsqueda, él estuvo hablando conmigo y me di cuenta, porque soy mujer, de lo que siente por ti. Lo que sientes tú por él, ya lo sabía.

Martina la interrumpió:

—¿Cómo sabes que está casado?

Segismunda le explicó:

—Apenas os habíais ido a Buen Suceso, entré un momento en su habitación para dejarle otra manta. Es friolero, como buen andaluz, y me la había pedido. Una vez dentro del cuarto me encontré una tarjeta en el suelo, junto a la cama. La misma cama que el muy picarón debe de andar loco por compartir contigo. Clan, clan, clan, ya me entiendes.

—¿Qué tengo que entender?

—¡Ruido de muelles!

A su pesar, Martina sonrió. Aquel diálogo también parecía extraído de una fotonovela.

—¿Qué tiene de particular esa tarjeta?

—Tú misma podrás verlo, porque te la he guardado, por si quieres quedártela. A tu amigo se le debió caer al deshacer su equipaje. Es la clásica tarjeta particular, con los nombres de los esposos en letra cursiva. Arriba, el suyo, el del marido, Carlos Duma. Debajo, el de su mujer, Asunción Borreguero. Y, al pie, una dirección en la calle Alberto Alcocer de Madrid. En el anverso hay una anotación con una fecha reciente, lo que indica que la tarjeta no es antigua.

—¿Y qué? —masculló Martina—. Sigue sin probar nada.

—¿No te convence? Pues hay más —adelantó la patrona—. En atención a tus intereses, y puesto que no había moros en la costa, me animé a curiosear un poco entre las pertenencias del señor Duma. Abrí su agenda y encontré una fotografía suya con una señora. Seguramente será la suya, esa Asunción de la tarjeta. En la foto, ambos aparecen con un niño bastante feo, aunque no tanto como el padre, de unos cinco o seis años de edad. Por el cariño con que le abrazan, tiene que ser su hijo.

La obcecación no liberó todavía a la detective:

—A menudo, las cosas no son como parecen. ¡Y venir ahora con que Duma es feo! ¿No me habías dicho que te parecía un seductor?

—Cuando te dije que me parecía atractivo me refería a su voz, Martina, que es muy parecida a la de Paco Rabal. Pero en cuanto lo vi, con esos ojos de loco y esas barbas... ¡Y tan bajito!

—Lo compensa con su altura moral.

Aquello tenía retranca y Segismunda rio, no sin escepticismo.

—En cualquier caso, el error sería tuyo, Martina.

—¿Cuál?

—Negarte a aceptar que ese granuja tiene familia —le advirtió su amiga—. ¡Bueno, yo ya he cumplido! Ahora te toca actuar. Haz lo que tengas que...

Martina oprimió el botón rojo de la pantalla y la comunicación se cortó.

El agua del muelle, como betún líquido, no podía reflejarlo, pero el gesto de la detective era tan frío como helado se había quedado su corazón.

Al salir del restaurante no había cogido su gabardina y la humedad se le había metido bajo la piel. Se levantó del noray y caminó hacia el malecón intentando desbloquear su mente. Pero la lucidez huía de ella como las tormentosas nubes que, arrastradas por un viento de galerna, discurrían por encima de su tristeza, a caballo de un cielo entintado.

Encendió un cigarrillo, procurando animarse, y pensó que tampoco había por qué hacer una tragedia. En el fondo, le era indiferente que Carlos estuviese casado o no. Lo que peor iba a poder aceptar era que le hubiese mentido. «Aunque tampoco lo ha hecho —se vio obligada a matizar en conciencia, para no ser completamente injusta con él—. No me lo había dicho, es verdad, pero yo no se lo pregunté. Quizá me daba miedo conocer la respuesta.»

La melancolía, ese oscuro pájaro de la noche del alma, había vuelto a adueñarse de ella. Decepcionada, Martina regresó a Casa Genaro para terminar su cena con un hombre a quien, al parecer, no conocía en absoluto.

24

—¿Ha ocurrido algo grave? —le preguntó Carlos al verla entrar al restaurante, incorporándose con solicitud de la mesa que Martina había abandonado de forma tan precipitada.

—Nada de particular —repuso la inspectora con frialdad—. Una llamada sin importancia.

—¿De trabajo?

—Personal.

En un gesto de comprensión, el antropólogo abrió y separó pastoralmente las palmas de las manos. A Martina, irritada como secretamente estaba con él, se le ocurrió pensar que igualmente se dirigiría a los indios con ademanes paternales, encubridores de innobles intereses, hipocresía y doblez.

—Siéntate, querida, por favor, y empieza a cenar —dijo él, sin abandonar su aire patriarcal—. Se te ha debido enfriar el plato.

—En un segundo lo calentamos —dijo Genaro desde la cocina.

Martina no tenía ganas de hablar. Su rostro parecía una máscara de cera. Carlos atribuyó su reserva a las consecuencias de su conversación telefónica, cuyas noticias, fuesen de una u otra índole, la habían sumido en la preocupación.

—¿Seguro que te encuentras bien?

Ella asintió, muda. Genaro regresó con su plato caliente y Martina mantuvo la vista en los humeantes trozos de pescado, que olían a aceite y a ajo. Carlos se armó con cuchillo y tenedor y atacó su pulpo.

—¡Impresionante! —alabó en cuanto lo hubo probado, elevando la voz para que le oyesen en la cocina Genaro, su mujer y su hija, las cocineras—. Prueba tu dorada, Martina. ¡Qué aroma!

La inspectora se llevó lánguidamente el tenedor a la boca. Genaro se interesó:

—¿Qué, señora, como está el pescado?

—Nutritivo —repuso ella, engullendo como si la hicieran tragar a la fuerza.

Carlos, en cambio, masticaba a dos carrillos. Untó pan en la salsa y lo empujó con vino.

—¡De miedo! Tenía casi tanta hambre como en la selva. A propósito, Martina... Me comentabas hace un rato que tu tío Alberto estuvo en contacto con los jíbaros. O con los shuar, que sería el nombre correcto de la etnia.

—Shuar, es verdad —pronunció con lentitud la inspectora, de repente más interesada en la conversación—. Tienes razón, había olvidado que no les gusta que les llamen «jíbaros».

—Consideran peyorativo el término. Pero, puesto que no nos oyen, entre nosotros podemos seguir llamándoles así. Les conozco bien y puedo tomarme ciertas libertades.

—¿Has convivido con ellos?

—Ya lo creo. Durante meses. Fue una grata experiencia —confirmó Carlos, uno de los antropólogos que mejor conocía los asentamientos tribales a lo largo de la frontera entre Ecuador y Perú—. La primavera próxima les haré otra visita. Una de las fundaciones con las que colaboro está preparando un proyecto de integración y quieren que me ocupe de coordinarlo. Hay mucho que hacer en aspectos sanitarios, educativos... Pero háblame de tu tío, Martina. ¿Cómo se las arregló para organizar él solo una expedición a territorio jíbaro? Por experiencia sé que es tarea harto difícil.

—Solo nunca lo hubiera logrado. Se apoyó en un amigo de mi padre, también diplomático, Rafael Estrada, que por entonces era el cónsul en Iquitos. Estrada tenía contactos y dispusieron de la ayuda del ejército y de guías nativos.

Las referencias a los jíbaros habían hecho que Martina volviera a acordarse de la carta de Pedro Arrúa. No le había hablado de ella a Duma. En un principio, había pensado hacerlo, pero, a raíz de la llamada telefónica de Segismunda, y de su advertencia de que él le había ocultado que estaba casado, estaba empezando a abrigar una fuerte dosis de desconfianza hacia él. Si Duma había sido capaz de engañar a su mujer con ella, ¿quién le aseguraba a Martina que no correría la misma suerte en manos de aquel... bígamo? La palabra restalló como un latigazo en la lastimada sensibilidad de la inspectora, pero, a pesar de ello, decidió hablarle de Pedro Arrúa y de la enigmática carta que acababa de enviarle desde Belice. En el cerebro de Martina siempre primaba la vertiente práctica. Aplicándola, descartó que hubiese motivos para desaprovechar los conocimientos del antropólogo. Se disponía a consultarle algo sobre los jíbaros cuando el propio Carlos se le adelantó preguntando:

—¿Cuál era el propósito de la expedición de tu tío? ¿Alguna misión diplomática?

—No exactamente. Estrada y él partieron de Iquitos en busca de un aventurero español perdido en la selva.

A los negros ojos del científico afloró la curiosidad.

—¿Quién?

—No recuerdo su nombre, pero sí su apodo. Le llamaban el «rey de los jíbaros».

El antropólogo se acarició reflexivamente la barba y, tras unos segundos, aseguró sin vacilación:

—Sé quién es. O quién fue, mejor dicho, porque ha muerto.

—Sí, lo sabía. ¿Cómo se llamaba, realmente?

—Juan Gastón.

—¿Le conociste? —indagó Martina.

—Personalmente, no, aunque oí hablar mucho de él. Su aldea, de las más recónditas, quedaba en el Alto Marañón, más allá de los temibles rápidos y remolinos del Pongo del Manseriche, que convierten los cañones del cauce en un peligro para la navegación fluvial. Se trata de un área montañosa y selvática, atravesada por grandes corrientes de agua y muy poco accesible. Gastón debió de ser un superviviente nato, uno de esos tipos de leyenda que de vez en cuando protagonizan historias alucinantes en el Amazonas. Me habría encantado conocerle, la verdad.

—¿Qué sabes de él?

—Algunas cosas, no muchas, y puede que ni la mitad sean ciertas. Se contaba que Gastón había sido mercenario al servicio de los caucheros y que se estaba ganando la vida como buscador de oro cuando fue capturado por los jíbaros. Supo conservar la vida en cautividad y ganarse a sus carceleros hasta el punto de llegar a casarse con la hija de un jefe y convertirse en su rey. Y no debió ser un mal monarca. Batalló lo suyo por los derechos de los pueblos indígenas y consiguió que se revisasen multitud de obstáculos legales que dificultaban la integración de las etnias autóctonas, permitiendo la discriminación y el acoso de que tradicionalmente venían siendo objeto...

Carlos se interrumpió. Se había acalorado. Era evidente que aquel tema le llegaba muy adentro.

—Para no hablar, en plata, de la extinción planificada de las poblaciones indígenas, a fin de liberar terrenos para la roturación, recursos madereros, depósitos de gas, quién sabe si petróleo... Pero volvamos al rey de los jíbaros. La de Gastón debió ser una de esas existencias novelescas. Para los jíbaros supuso una especie de héroe, un Robin Hood de los tiempos modernos...

Carlos hizo una pausa, como si algo, un detalle, otro episodio de la vida de Gastón acabara de pasar por su mente, sin que, por la razón que fuese, se decidiera a contarlo. En cualquier caso, agregó:

—No es imposible que el Museo de América guarde información sobre él. Incluso, algún objeto suyo. A veces, lotes o legados de este tipo de pioneros acaban engrosando sus fondos. Puedo consultarlo, si te interesa.

Martina lo estaba cada vez más.

—Te lo agradecería mucho. Rafael Estrada y mi tío compartían una mutua fascinación hacia Juan Gastón.

—¿Por qué? ¿Cuál era el motivo?

—Lo ignoro.

—¿Curiosidad hacia el personaje? ¿Tal vez querían escribir su biografía?

—No lo sé. Mi tío nunca me lo contó.

—¿Estrada y él llegaron a tratarle?

—No tuvieron la oportunidad. Cuando consiguieron alcanzar su aldea, después de remontar el río Marañón en una sucesión de agotadoras jornadas, Juan Gastón acababa de morir. Intentaron visitar su tumba, pero, según contó mi tío a su regreso, ni siquiera lograron averiguar dónde lo habían enterrado. El lugar era secreto, al parecer.

El antropólogo se limpió los labios con la servilleta. Tras sacudirse un resto de pan que se le había enredado en la barba, opinó:

—Muy probablemente, tomarían esas precauciones para evitar que sus enemigos desenterraran el cuerpo y le hicieran *tzantza*.

El término era nuevo para la inspectora.

—¿*Tzantza*? ¿Qué significa?

—Es una palabra shuar. Designa el rito de reducción de cabezas. Debido a su importancia como jefe de clan, la cabeza de Gastón habría sido un trofeo muy preciado, de haber caído en otras manos. Los jíbaros son belicosos, Martina. Históricamente, jamás han dejado de guerrear. Los últimos siglos los contemplan con las armas en la mano, esgrimiéndolas tanto frente a otras tribus como entre sus propios clanes. En términos occidentales, hablaríamos de una permanente guerra civil. A la muerte de Gastón, no faltaría algún cacique ansioso de exhibir su cabeza clavada en una pica a la entrada de su tienda.

La inspectora se llevó a la boca un trozo de pescado. Esta vez lo saboreó con mayor agrado, como si el tema de conversación, aun siendo truculento, despertase a partes iguales su curiosidad y su apetito.

—Esas cabezas jíbaras son tan perturbadoras... Tienen algo de maléfico, de diabólico...

Carlos se atragantó con el pulpo. Empezó a toser y bebió agua.

—No vas descaminada. Los conquistadores españoles consideraban a los jíbaros hijos del diablo. Nuestros soldados nunca consiguieron derrotarlos. Y muchos perdieron la vida luchando contra ellos. Fueron decapitados, y sus cabezas reducidas según el ritual sagrado.

Martina escuchaba con la máxima atención:

—¿Con qué fin? ¿Amedrentar a los españoles?

Al científico no le apetecía demasiado seguir hablando de aquello.

—¡Por favor, Martina, estamos cenando!

La inspectora se expresó con una insólita frivolidad.

—¿Por qué no quieres complacerme, Duma? ¿No decías que harías cualquier cosa por mí?

Carlos se la quedó mirando como si se hubiese vuelto loca. Pero, como el que realmente estaba loco por ella era él, cedió:

—Pues sí, Martina, es verdad. Haría cualquier cosa por ti, y lo sabes.

—Entonces, detállame el ritual de la *tzantza*.

—Lo haré con mucho gusto, pero, sobre todo, con la esperanza de que me expliques el motivo de tu interés por los jíbaros.

Martina se decidió a confiarle:

—Tiene que ver con esa carta de Belice. Dos empresarios ecuatorianos han sido sacrificados en Quito mediante decapitación y reducción de sus cabezas, y otros dos industriales españoles de la misma compañía, Pura Vida, temen que les vaya a ocurrir lo mismo.

—¿Por qué, qué han hecho?

—Aún no lo sé.

El científico bebió un generoso trago de vino, que hizo llamear sus ojos negros, y se pasó la lengua por los labios, antes de comenzar a exponer:

—El rito de *tzantza* tenía una significación militar, un simbolismo de fortaleza y dominio. Las cabezas eran trofeos de guerra.

—Amuletos, pensaba yo —dijo Martina.

—Mucha gente lo confunde. La mayoría, realmente. Pero no. Eran trofeos. A mayor número de cabezas expuestas a la entrada de una tienda, mayor era el valor del guerrero. Los jíbaros tuvieron numerosos caciques, pero una sola idea de nación. La familia del vencido pasaba a integrarse en la del vencedor, quien procedía a reducir y exhibir la cabeza momificada del jefe muerto en combate.

—Lo cual, imagino, despertaría venganzas de sangre.

—No creas.

—¿No había consecuencias trágicas, rencores familiares, tribales?

—No. Las leyes de la guerra incluían la aceptación de la derrota. Los miembros del clan vencido se trasladaban de buen grado a su nueva jibaría.

Martina bebió un sorbo de su whisky y dio un giro a sus preguntas:

—¿Eran animistas?

Carlos sonrió y le acarició el dorso de la mano. La inspectora la dejó tan quieta sobre el mantel como si fuera un trozo de carne desprovisto de vida. Él la siguió acariciando y dando pellizquitos mientras explicaba:

—Para los jíbaros, la naturaleza estaba llena de fuerzas invisibles. Unas, favorables; otras, agresivas al hombre. La vida no terminaba con la muerte. Cada guerrero, de acuerdo a sus méritos y a su valor, se reencarnaría en una de esas fuerzas. Para los vencedores de la batalla, era importante encerrar el espíritu de sus víctimas, sus *mutawi*. De ese modo, evitarían que se liberasen y vagaran por el aire hasta reencarnarse y tomar venganza. De ahí, a fin de encarcelar el alma, que durante la *tzantza* se cosieran la nariz y los ojos con fibras vegetales, bramante o púa de hueso.

Embebida por sus palabras, Martina se había olvidado

nuevamente de su dorada, que se había vuelto a enfriar. Casi no la había probado, pero no quería más. Apuró el whisky y cuestionó:

—¿Algún otro pueblo ha cultivado rituales semejantes?

—Con la técnica y significado de los jíbaros, ninguno —aseveró Carlos, con la seguridad que le conferían sus conocimientos—. Otras tribus americanas practicaron la decapitación o el arrancamiento de cabelleras, asimismo como trofeos de guerra, pero los jíbaros fueron los únicos en desarrollar la *tzantza*.

—¿Has asistido a alguna de esas ceremonias?

El antropólogo dudó unos segundos, antes de confesar:

—En una ocasión.

—¿Cuándo?

—Hace muchos años, antes de que se prohibieran.

—¿Podrías describirme el ritual, paso a paso?

—¡Jesús, Martina! No sabía que fueras tan morbosa. ¿Qué te ocurre? ¡Es como si estuvieras obsesionada con los jíbaros! ¿Por qué?

—Ya te lo he dicho. Por culpa de ese amigo de la infancia de quien antes te hablaba. Pedro Arrúa. Es uno de los empresarios españoles de Pura Vida que teme que lo secuestren, lo decapiten y reduzcan su cabeza al estilo jíbaro.

—Sin que sepamos por qué.

—Él, al menos, no lo confiesa.

—Perdóname, Martina, pero no entiendo nada.

La inspectora encendió un Player's.

—Quizá no ha llegado aún el momento de entender, porque estamos en la fase informativa.

—¿Y por eso necesitas la información que pueda proporcionarte?

—Eso es, Duma. ¿Cómo se jibariza una cabeza humana? La técnica tiene que ser muy precisa.

El antropólogo suspiró. Martina llegaba a ser obsesiva.

—Supones bien, querida. Te lo explicaré, en fin. En primer lugar, los jíbaros sumergen la cabeza...

—Antes, vuelvo a suponer, la decapitarían.

—Como condición sine qua non, claro está. La decapitación se llevaba a cabo...

—¿En pasado? ¿No se practica hoy en día?

—Que yo sepa, no... Aunque, espera un momento... Sí, recientemente fue descubierta en Ecuador, en Quito, una banda que se dedicaba a comerciar con cabezas.

—Un agente nuestro de la Brigada de Estupefacientes me ha pasado ese mismo dato. ¿Qué hacían con las cabezas, las vendían?

—Supongo que sí.

—¿Habiendo previamente asesinado a sus dueños?

—Eso no lo sé, Martina. ¿Cómo iba a saberlo? —reaccionó el antropólogo, molesto por la sensación de que la inspectora, más que dialogar con él, le estaba interrogando—. El hecho es que unos indeseables vendían las cabezas en el mercado negro, por medio de traficantes que hacían llegar a coleccionistas las piezas clandestinas.

—¿Qué clase de coleccionistas? ¿Con qué perfil?

—Supongo que el mismo tipo de chalados sin escrúpulos que compran cuernos de rinoceronte blanco o manos de orangután.

—¿A cuánto vendían las cabezas jíbaras?

—Llegué a oír que a treinta mil dólares la unidad.

La inspectora exclamó:

—¡Vaya negocio!

Carlos coincidió en opinar que era tan lucrativo como reprobable y se tomó un descanso para terminar su plato.

En cuanto lo hubo rebañado, Martina le insistió en que le describiera el modus operandi de la *tzantza*. El paciente antropólogo habría cambiado gustosamente de tema, pero, resignándose, siguió explicándole que los hechiceros jíbaros procedían a la decapitación con pasmosa facilidad, mediante la aplicación de una serie de cortes exactos, en forma de uve, trazados en la nuca de sus víctimas.

—Una vez separada del cuello —prosiguió—, a la cabeza se le arrancaba la piel, respetando la cabellera y desechando las partes blandas, cerebro, labios, orejas, globos oculares... A continuación, los chamanes trataban el cabello con resinas vegetales para evitar su putrefacción y la sumergían en un caldero con agua hirviendo, añadiendo jugo de liana, aromas y determinadas hierbas curativas. Pelo y piel debían hervir durante unos quince minutos. No más —advirtió Carlos, con la sensación de estar convirtiéndose en una especie de siniestro cocinero—, o la piel se pudriría con rapidez. Al sacarla del caldero, la cabeza ya se había reducido a la mitad de su tamaño original. Luego, con ayuda de un cuchillo de sílex, se limpiaban los restos orgánicos y se ponía a secar... ¿No estaré siendo demasiado truculento?

Si le hubiera regalado un ramo de violetas, la sonrisa de Martina no habría sido más cálida.

—Todo lo contrario. Continúa, por favor.

—¡Ni que estuvieras haciendo una tesis doctoral! Está bien, inspectora, usted manda, para no perder la costumbre... Tras el secado, la piel se impregnaba con un aceite especial, a fin de impermeabilizarla, y se rellenaba con arena, cosiéndose todos los orificios, ojos, boca, como si fuera una bolsa. Con una piedra calentada al fuego se moldeaba el exterior y se dejaba ahumar sobre el fuego, a fin de seguir reduciendo su tamaño. Una vez bien ahumada y seca, la cabecita se vaciaba de arena. Para terminar, se tapaba el agujerito con un palito, se ataba con un cordón de algodón y se teñía la piel de negro. ¿Espeluznante, no?

Martina le volvió a corregir:

—Fascinante.

Carlos le dirigió una exasperada mirada.

—¿Hemos terminado con los jíbaros, Martina? ¿Podemos hablar de otra cosa?

—¿De qué?

—¿Qué tal de nosotros, por ejemplo?

—¡No seas ansioso, Duma! De nuestras cosas hablaremos más tarde. Sigue complaciéndome como lo estás haciendo hasta ahora y háblame de las cerbatanas jíbaras.

Carlos se debatió como un pez en la red.

—En lugar de cenando con una mujer maravillosa, ¿no estaré en uno de mis seminarios, impartiendo clase?

—Imagínate que soy alumna tuya.

—Está bien, señorita De Santo, acabemos cuanto antes... ¿Las cerbatanas? Normalmente, medían dos metros de longitud, pero los jíbaros llegaron a usarlas mucho más largas, hasta de siete metros, apoyándolas en gigantescas horquillas de madera, verdaderos trípodes, y con grosores superiores a los quince milímetros. Equivalentes a un dedo pulgar, para que te hagas una idea.

—¿Con qué material las fabricaban?

—Con listones de palma. Los partían en dos, limpiaban los nudos e impurezas del canal interior y unían ambas mitades con cordaje natural y resinas.

—¿Y los dardos?

El científico apeló a toda su paciencia, que estaba a punto de agotarse.

—¿Qué quieres saber de las flechas, Martina, por el amor de Dios?

—Su tamaño. En esto, como en otras cosas, el tamaño importa.

Carlos recibió el chiste con una carcajada liberadora y aferró las manos de su amiga.

—¿En centímetros? —sonrió—. Entre diez y veinte. Las flechitas se tallaban en madera. Sus puntas llevaban un cono de fibra vegetal y capas de plumas para evitar la entrada de aire y acelerar la propulsión.

—¿A las puntas se les aplicaba curare o algún otro veneno?

—Habitualmente, curare.

—¿Cuál es su efecto?

—Paraliza los músculos. Puede provocar la muerte de un animal pequeño.

—¿Qué clase de animales?

El científico tenía la boca seca. Bebió un trago de orujo y carraspeó porque Martina acababa de expulsar una nube de humo y él sin querer la había respirado. No le gustaba que ella fumase, pero sabía que le iba a costar convencerla de que dejase el vicio. Repuso:

—Ardillas, pájaros, incluso monos.

La inspectora dedujo:

—Entonces, ¿las cerbatanas eran armas de caza, pero no de guerra?

—Exactamente, señorita De Santo. ¡Una observación muy perspicaz! Estás superando a mis mejores alumnos... Los jíbaros raramente usarían las cerbatanas contra seres humanos. Y algo más que no te he dicho, Martina: las cerbatanas tenían un componente mágico. Su forma fálica les atribuía un significado de supervivencia y fertilidad, muy relacionado con la procreación. La caza proporcionaba alimento, energía y calor. Cada pieza cobrada contribuía a aumentar el bienestar del clan.

A la detective todavía le quedaba una última duda:

—¿Establecerías alguna relación entre las cerbatanas y la ceremonia de reducción de cabezas, la *tzantza*?

El antropólogo se la quedó mirando con una desorientada expresión.

—Nunca se me habría ocurrido vincular ambos elementos. ¿Por qué?

—Porque alguien lo ha hecho —fue la críptica respuesta de Martina.

Su teléfono volvió a sonar.

25

El número de esa llamada estaba pregrabado en la agenda del teléfono de Martina. Correspondía al móvil de otro inspector, compañero suyo, Emilio Villanueva.

Tras saludarla y disculparse por llamarla a esas horas de la noche, Villanueva le informó de que la esposa de Horacio Muñoz, un ex agente que había estado mucho tiempo a las órdenes de Martina, y muy apreciado por ella, había fallecido el día anterior. El funeral iba a celebrarse en Zaragoza a la mañana siguiente. Villanueva había supuesto que Martina no lo sabía.

—Pensé que te gustaría darle el pésame, por eso me he decidido a molestarte.

—Gracias, Emilio. No lo sabía. ¡Qué pena, pobre Horacio!

Nada más colgar, la inspectora se disculpó con Carlos y marcó el número de Horacio Muñoz. Pero el teléfono del viejo policía estaba desconectado.

—Otra vez has recibido malas noticias —dedujo el antropólogo.

—Muy tristes —le confirmó Martina—. Uno de los mejores agentes que he conocido acaba de perder a su esposa. El funeral se celebrará mañana en Zaragoza. Si quiero llegar a tiempo, no tengo más remedio que ponerme en marcha inmediatamente.

En la cabeza de Carlos se encendió una alarma.

—¿Cuándo?

—Ahora mismo.

La inspectora dirigió un gesto a Genaro, reclamando la cuenta.

—Pagaré yo —masculló un descompuesto Carlos.

Martina le dio las gracias por la invitación y dispuso:

—Te dejaré en La Encantona. Podrás dormir unas horas y regresar mañana a Madrid.

Con cara de funeral, su amigo depositó unos billetes en el platillo.

—Si no hay más remedio...

—No, no lo hay.

—¿Nos veremos pronto? —rogó él.

—Puede.

—¿Cuándo?

Pero Martina se dirigía hacia el coche. Regresaron a La Encantona por los desfiladeros de Morín. Hasta el último minuto, Carlos porfió por acompañarla a Zaragoza, pero ella no transigió.

—¿Cuándo volveré a verte? —insistió él—. No pienso quedarme aquí, que lo sepas.

—Nos veremos en cuanto pueda volver a Madrid.

—¿Me lo prometes?

—Prometido queda.

—Sea. Ya que me abandonas, espero que nuestro reencuentro valga la pena.

—La valdrá —aseguró Martina.

Al llegar al albergue, la inspectora subió rápidamente a la buhardilla para recoger su equipaje. Lo metió en el maletero y le dio a Carlos un beso de despedida. Él la abrazó como si se fuera a acabar el mundo y la volvió a besar largamente, hasta que Martina se sintió languidecer y a punto estuvo de arrepentirse y quedarse con él a pasar la noche en La Encantona. Pero acopió fuerzas, cerró la portezuela y arrancó sin mirar atrás.

Con los brazos caídos y el ánimo por los suelos, el antropólogo se quedó contemplando cómo el Jeep se alejaba en la oscuridad, entre las invisibles montañas. Cuando el resplandor de los faros se hubo desvanecido, se encaminó con pesadumbre a la casa rural.

Segismunda, que había espiado la escena, le entornó el portón con una sonrisa que en apariencia podría interpretarse como de buenas noches, pero que, en el fondo, respondía a un secreto alivio. La patrona había decidido que aquel hombre, nada malo como huésped, sí lo era como amante de una mujer valiosa, como sin duda lo era su amiga Martina, aunque incauta y vulnerable al amor. Y precisamente lo era, pensó paradójicamente Segismunda, ajena al reciente tema de conversación de la pareja sobre las ceremonias jíbaras, porque, en las guerras de amor, Martina no le daba demasiada importancia al hecho de perder la cabeza.

Carlos Duma no se quedó a dormir. Explicó a Segismunda que debía regresar a Madrid, pagó la cuenta y se fue.

26

Estaba comenzando a diluviar. Martina se obligó a concentrarse en la conducción, pues la carretera de la costa era poco segura. Confió en que la lluvia contribuyera a levantar la niebla, pero no fue así.

Al cuarto de hora de conducir en malas condiciones, y cuando estaba a punto de desembocar en la carretera general, volvió a sonar su teléfono.

En esta ocasión, era el agente Gutiérrez. La inspectora activó el dispositivo de manos libres.

—Sé que es muy tarde, inspectora —dijo Práxedes—, pero mañana me iba a venir peor llamarla. ¿Puede hablar?

—Sin problema. Voy conduciendo en medio de la lluvia, así que lo que tenga que contarme me distraerá doblemente. ¿Tiene novedades para mí?

—Un tanto confusas, inspectora pero intentaré resumírselas con la mayor claridad posible.

—Se lo agradeceré.

El Jeep atravesaba una zona montañosa con mala cobertura. La cáustica voz de Práxedes se perdía por momentos, para, al cabo de unos pocos segundos, reaparecer y volver a rebotar contra el techo acolchado del coche. Estaba diciendo:

—Según mis contactos en la policía quiteña, están hechos un lío con el caso de esos dos empresarios desaparecidos por los que se interesa usted, Adán Campos y Wilson Neiffer. El hecho de que no hayan avanzado en la investigación y de que no consigan localizar sus cuerpos les está poniendo de los nervios. La opinión de los mandos está dividida: por un lado, algunos están convencidos de que ambos industriales han sido asesinados; por otro, no descartan que se trate de algún tipo de montaje.

—Pero las cabezas no lo son —objetó la inspectora—. Las familias las han reconocido como auténticas. ¿Las han sometido a pruebas de ADN?

—Sí, aunque infinitamente más laboriosas, como se puede imaginar, que si se tratara de restos normales. Han dado positivo. Tan solo se ha detectado una discordancia con el cabello de Neiffer. El que decoraba su cabeza jibarizada no era suyo.

—He visto fotos de Wilson Neiffer en la red —recordó Martina— y era calvo como una bola de billar. Supuestamente, quienes le hicieron la *tzantza* añadirían un toque creativo a su ritual.

—¿*Tzantza*? ¿Qué significa, inspectora?

Martina le explicó que ese término shuar, según acababa de instruirle un antropólogo amigo suyo, definía la ceremonia de reducción de cabezas. Añadió:

—Dígame, Práxedes. ¿Aparecieron unas flechitas en las casas de los empresarios ecuatorianos, a modo de amenazas previas a sus desapariciones?

—En efecto, inspectora. Veo que tiene buena información. Unos dardos, sí. Como mensajes de muerte... Flechitas de manufactura indígena, jíbara, identificables por las coronas de plumas de ave que contribuyen a prolongar el vuelo de la caña y por las puntas de obsidiana untadas en su tradicional veneno, el curare.

—Para hacer llegar esas flechas a sus destinatarios, forzosamente tuvieron que entrar a las casas, burlar a la seguridad, al servicio doméstico... ¿Hay testigos?

—Ninguno, inspectora. La policía ha interrogado a los familiares y a personal doméstico, jardineros, cocineras... y nada.

—¿Cuál pudo ser el móvil? ¿Qué motivos había para asesinarlos tan cruelmente?

—Nadie lo sabe, Martina. Las víctimas no estaban amenazadas y sus secuestros no se han reivindicado. La situación económica y personal de Campos y Neiffer era estable. Sus empresas son boyantes. No tenían demandas ni juicios pendientes. Tampoco deudas ni problemas con el fisco. Sus apellidos pertenecen a la alta sociedad quiteña. A la aristocracia económica del país, podría decirse. Poseen mansiones, son miembros de clubs exclusivos y mantienen excelentes relaciones con el poder.

—¿Ha averiguado algo de sus socios españoles, Jaime Durán y Pedro Arrúa?

—Los Durán son banqueros y financieros de tres generaciones. Tienen múltiples intereses en la región andina y negocios en España, con oficina en Madrid.

—Sí, lo sé, Práxedes. ¿Y en cuanto a Pedro Arrúa? ¿Ha conseguido recordar de qué le sonaba su nombre?

—No, inspectora. Entre mi red de informantes apenas he conseguido reunir datos suyos. Arrúa apareció en Quito de la noche a la mañana, como quien dice, con una fortuna en el bolsillo. Se asoció a Pura Vida adquiriendo de golpe una cuarta parte de las acciones de la compañía. Pura Vida es una empresa de primer orden en Ecuador, con múltiples ramificaciones en el turismo y la hostelería y numerosos proyectos en marcha, desde la construcción de nuevos hoteles en lugares emblemáticos a la expansión del turismo de aventura.

—¿Turismo de aventura? Interesante. ¿En qué zonas?

—No lo sé, inspectora, pero puedo averiguarlo.

—Hágalo.

Martina separó una mano del volante para encender un cigarrillo.

—Otra cosa, Práxedes... ¿Había oído hablar de un hombre llamado Juan Gastón, al que apodaban el rey de los jíbaros?

—Sí, inspectora. En el Alto Marañón su nombre es legendario. Yo supe de él cuando investigamos la muerte del general Huerta.

La inspectora parecía cada vez más interesada.

—Disculpe mi ignorancia, Práxedes, pero no sé quién fue el general Huerta, de qué murió ni qué relación tuvo con el rey de los jíbaros.

El agente Gutiérrez se lo explicó sucintamente:

—Eufemiano Huerta llegó a ser ministro de Gobernación de Ecuador, y general en jefe del ejército de tierra. Como líder militar, comandó las luchas fronterizas contra Perú. Pero no murió en una operación bélica, sino en un vuelo de carácter privado. Su helicóptero cayó en territorio jíbaro, en plena selva, y se incendió. Juan Gastón y sus hombres estaban cerca y llegaron a tiempo de salvar al piloto. El general había muerto, pero, al menos, lograron evitar que se calcinara su cuerpo. Con el propósito de devolvérselo a los suyos, Gastón llevó a cabo una auténtica proeza: instaló los restos del general Huerta en una barcaza y, con el cauce muy crecido debido a las lluvias, descendió el río Marañón jugándose la vida en los rápidos del Pongo del Manseriche. Los restos de Huerta fueron restituidos a los suyos y el general pudo tener una digna sepultura. El Gobierno de Ecuador condecoró a Gastón. Él asistió a la ceremonia acompañado por un cortejo de jíbaros y por sus dos hijos: un varón y una muchacha bellísima. Pude hablar con Gastón. Era un tipo sencillo, con mucho sentido del humor, un hombre fundamentalmente bueno. Aquel fue su momento de gloria. Le fotografiaron, salió en los periódicos, se divulgó su historia. Moriría poco después.

—¿De qué?

—De muerte natural, creo.

Martina asimiló todos esos datos y siguió preguntando:

—¿Qué más sabe del general Huerta?

—Fue un prócer verdaderamente poderoso, un auténtico cacique militar —aseguró Práxedes—. Algo así como un héroe nacional. En el clímax de su popularidad se presentó a las elecciones. Huerta tenía muchas posibilidades de llegar a presidente de Ecuador, pero un oscuro asunto relacionado con el narcotráfico lo apartó de la carrera electoral. Un confidente le delató como enlace de los cárteles que operaban en Ecuador, asegurando que Huerta cobraba en lingotes de oro. Esa acusación no se conseguiría demostrar, pero el rumor afectó a su campaña y Huerta perdió las elecciones presidenciales. Poco después, su helicóptero se estrellaría en la selva.

—Me decía que el piloto sobrevivió al accidente.

—Así fue, inspectora. Estuvo de baja mucho tiempo, a causa de las heridas.

—¿Recuerda su nombre?

—No.

—¿Sabe a qué se dedica hoy en día? ¿Ha regresado a su plaza como piloto militar?

—Lo ignoro, inspectora, pero no me será difícil enterarme.

Martina le agradeció a Práxedes sus informaciones y colgó. Al extinguirse en el altavoz de manos libres la voz monacal del agente Gutiérrez, el rumor de la lluvia volvió a apoderarse del interior del Jeep.

Un cartel advirtió a la conductora que había llegado a la carretera general, en dirección a Llanes.

27

Hasta Santander continuó cayendo una incesante cortina de agua. La noche era cerrada y la visibilidad muy mala. Más allá de la escasa decena de metros que alcanzaban a iluminar los faros del Jeep, prácticamente nula.

Cuando Martina estaba rodeando la bahía de Santander, estalló la tormenta. La lluvia empezó a rachear y sus ráfagas atronaron el parabrisas con una sorda crepitación. El fuerte viento frenaba la velocidad y, de cuando en cuando, hacía dar bandazos al pesado vehículo.

A la altura de Santoña, se derramó un aguacero bíblico que disuadiría a más de un conductor de seguir al volante. Entre ellos, a la propia Martina. Además de por precaución, debido al peligroso estado de la carretera, la inspectora decidió detenerse en una gasolinera porque se le cerraban los ojos.

En cuanto hubo entrado al área de servicio, recibió una llamada de Duma. Carlos le dijo que quedarse sin ella en la posada le había resultado una perspectiva insoportable y que había decidido regresar a Madrid. La llamaba desde su coche, pasada Torrelavega. Carlos le insistió en que tuviera mucho cuidado con el mal tiempo. Martina le tranquilizó diciéndole que acababa de parar en la gasolinera de Santoña. La inspectora deseó a su amigo un buen viaje y le recomendó asimismo precaución. Luego llenó el tanque y aparcó más allá de los surtidores, bajo la techumbre de la tienda de la estación de servicio, que estaba cerrada.

Intentando relajarse, apagó el contacto y encendió el ordenador portátil y un cigarrillo. Buscó su propio nombre en la red, Martina de Santo. En la pantalla aparecieron informaciones con casos suyos, las pocas entrevistas que había concedido, declaraciones... Un material que Pedro Arrúa podía perfectamente haber utilizado para fingir que sabía cosas de ella, del mismo modo que cualquier interesado en acopiar datos sobre su vida profesional accedería sin problemas a referencias de sus actividades... Otra cosa muy distinta eran los detalles íntimos, el «tono» con que Arrúa la trataba en su carta. Aquella insoportable «familiaridad»...

La inspectora encendió la luz de la cabina para ver mejor el teclado y ordenó al buscador que localizase en Ámbar Gris, Belice, un hotel llamado La estrella del sur.

Apenas unos segundos después, estaba contemplando su fachada en la pantalla.

La estrella del sur era un hotelito encantador, de estilo colonial y dos plantas, con las contraventanas pintadas de azul y una baranda labrada en madera circundando el porche. Unos cuantos bungalós diseminados entre jardines tropicales completaban la oferta de alojamiento. El complejo hotelero tenía piscina, pérgola, una playa muy cercana y embarcadero. En los enlaces de su página web figuraban las ofertas de temporada y los datos del establecimiento, mail, fax y número de teléfono.

En el rato que le llevó terminar el cigarrillo, Martina trató de decidir si llamaba o no a La estrella del sur.

Finalmente, lo hizo. Marcó el prefijo internacional, las

dos cifras del código de San Pedro, capital de Ámbar Gris, y el número del hotel.

La comunicación se estableció en el momento y la inspectora contuvo la respiración. ¿Y si era el propio Arrúa quien contestaba?

—¿Aló?

Era una voz femenina, con marcado acento caribeño. Martina calculó en unas seis horas la diferencia con Belice y por eso dijo:

—Buenas tardes, señorita.

—Buenas tardes, señora. ¿En qué puedo servirle?

—Quisiera hablar con el señor Arrúa.

—Don Pedro no se encuentra en el hotel.

El corazón de Martina latió con más fuerza. Esa respuesta negativa equivalía a una confirmación. Pedro Arrúa era dueño de La estrella del sur. Residía en Ámbar Gris, Belice. Ambas circunstancias parecían probadas. Arrúa no había mentido. ¿Serían asimismo ciertas las restantes cosas que contaba en la carta?

—¿Cuándo podría hablar con el señor Arrúa?

—Lo ignoro, señora.

—¿Mañana, pasado mañana?

—Lo ignoro, señora.

—¿Sabe dónde está?

—Ha salido a una excursión de pesca. No, señora, ya le digo, no sabría decirle cuándo estará de regreso. ¿Quiere dejar algún recado?

—Dígale que le ha llamado una amiga suya. Una amiga de la infancia.

—¿Y su nombre es?

Martina se lo proporcionó y cortó la llamada. Aunque Morfeo la acechaba con sus asedados brazos, buscó en la red más información sobre Arrúa. No descubrió nada nuevo con respecto a lo que ya había recopilado en anteriores búsquedas, pero visitó la web de la empresa Pura Vida y fumó otro par de cigarrillos antes de apagar el ordenador y la luz del coche.

Justo al hacerlo, un automóvil grande y negro, un Lexus, avanzó hacia los surtidores de gasolina.

Su conductor no hizo uso de ellos. Redujo la velocidad y condujo hacia la tienda de la estación, que estaba cerrada. Aparcó unos metros detrás del Jeep de Martina y apagó la luz de los faros. Pero, apenas unos segundos después, bruscamente, los volvió a encender y dio marcha atrás, haciendo patinar los neumáticos. Por el espejo retrovisor, la inspectora distinguió las cabezas de dos hombres, pero no sus caras.

En unos instantes, el sueño descendió sobre ella con su capucha de tinieblas, desvaneciendo el intermitente parpadeo del neón de la gasolinera y silenciando el rumor de la lluvia.

28

Dormida, la mente de Martina creyó oír voces susurrantes y vislumbrar seres extraordinarios.

Soñó con un jíbaro que tenía la cara de Carlos Duma, pero sin su barba. En la escenografía del sueño, el indígena iba completamente desnudo, salvo un faldellín de algodón de vivos colores, que le cubría las partes pudendas. Del cordel que sujetaba el faldellín, como de la canana de un cazador, colgaban cabezas humanas, reducidas y ahumadas, con sus largos y despeluchados cabellos enredándose entre sí. La risa del onírico jíbaro era satánica. Cuando no reía, disparaba dardos envenenados con una cerbatana de cristal mientras surfeaba las olas del río Marañón sobre una tabla que había sido la puerta del camarote del capitán de un barco de vapor con un pasaje de caucheros, buscadores de oro y recién casados a bordo.

El sueño terminó con una catarata que caía y caía, hasta que Martina despertó convencida de estar bañada en sudor.

En realidad, se había congelado dentro del coche. Se restregó los párpados y se estiró para desentumecerse. Su aliento expulsaba vaho y el cuello le dolía como si se lo hubieran torcido con una llave de judo.

La noche seguía siendo cerrada y no había dejado de llover. El Lexus que antes había aparcado detrás de su Jeep había desaparecido. La gasolinera estaba desierta.

Martina consultó su reloj, el viejo modelo Omega con la esfera amarillenta y una desgastada correa de cuero, que había pertenecido a su padre. Las agujas señalaban las cinco de la madrugada. La inspectora ignoraba a qué hora sería en Zaragoza el funeral de la mujer de Horacio. Cogió el móvil y le puso un mensaje, preguntándole.

Giró la llave de contacto y esperó a que la combustión del motor comunicara un poco de calor a su cuerpo. Cuando hubo recuperado la sensibilidad en las manos, embotadas de frío, condujo hacia la salida de la gasolinera, entró a la autovía y pisó el acelerador.

29

Comenzaba a amanecer. El tráfico aumentó al acercarse a Bilbao, pero el tiempo no iba a mejorar al atravesar la capital vizcaína. Y no lo haría hasta que Martina no hubiera dejado atrás los bosques y colinas del País Vasco.

En las llanuras de La Rioja, con campos y más campos de vides desnudas que alzaban al cielo, como cadavéricas falanges, sus desnudos sarmientos, un tímido sol osó al fin asomar entre las nubes.

La mañana se fue suavizando. En Logroño había despejado. A la mirada de Martina, un tanto adormilada y necesitada de urgencia de un café, sus sierras ofrecieron una líquida coloración añil, como minerales lágrimas.

Un doble pitido en el móvil le advirtió que tenía un mensaje. Era de Horacio. Le daba las gracias por asistir al funeral y le informaba de que el sepelio sería a las diez en el cementerio de Torrero de Zaragoza.

Faltaba poco más de una hora. Martina incrementó la velocidad. Treinta minutos después, hacia al este, en dirección al valle del Ebro, la silueta del Moncayo, con su cumbre nevada, se perfiló como un pequeño Kilimanjaro. Cerca de las diez de la mañana surgieron en el horizonte las torres del Pilar.

Martina no había visitado Zaragoza desde hacía bastante tiempo. Nada más ingresar, a través de los cinturones de ronda, en su perímetro urbano, la encontró muy cambiada. Bordeó la blanca e inmensa estación de trenes, pero se despistó en un par de cruces. Cuando llegó al camposanto, en la parte alta de la ciudad, justo donde las últimas casas dejaban paso a una masa de pinos, pasaban quince minutos de la ceremonia. Y todavía desperdició algunos más buscando aparcamiento.

Las manecillas de su reloj señalaban las diez y media cuando pisó el complejo funerario, un edificio de ladrillo oscuro, rodeado de coches fúnebres.

30

Dentro del tanatorio, un panel electrónico informaba sobre los horarios de las misas.

En aquel momento, se estaban celebrando varios funerales a la vez. Acelerada como iba, Martina leyó un «Muñoz» correspondiente al oratorio número cuatro y se dirigió hacia allí. Tiró del pomo de la capilla y entró. El oratorio estaba lleno y no pudo avanzar. Tuvo que encajonarse entre dos de los asistentes, de uno de los cuales emanaba un insoportable olor corporal.

Se puso de puntillas, pero ni aun así pudo distinguir los primeros bancos. Supuso que Horacio estaría frente al féretro, aunque tampoco veía el ataúd. En cambio, sí resultaba visible, gracias a la tarima de mármol que elevaba su altura, la figura del sacerdote.

Era un cura mayor, con el pelo blanco y una voz aflautada. Acababa de recitar el padrenuestro. Bendijo el divino pan y se dispuso a administrar la comunión. Cuando los fieles tomaron asiento, Martina pudo ver las cabezas de los deudos en los primeros bancos.

Horacio no se encontraba entre ellos. Sin embargo, a la inspectora le pareció reconocer a otro de los allegados, situado en la segunda fila. Se trataba de un hombre de aspecto estrambótico, de unos cuarenta años, piel pecosa y un pelo lacio, color oro viejo, que había comenzado a ralearle en la coronilla, cayéndole en alones estilo paje.

Como si la hubiera presentido, el hombre giró la cabeza y su mirada y la de Martina quedaron prendidas en el aire viciado y dulzón de la capilla. Él le sonrió como si la hubiera reconocido. Su sonrisa tenía algo de ogro escandinavo e hizo que Martina le pusiera nombre: Valentín Estrada. Hijo, precisamente, de aquel Rafael Estrada, diplomático y aventurero, que había sido amigo de su padre y de su tío Alberto, y de cuya expedición al país de los jíbaros Martina había estado hablando no hacía ni unas horas, en el restaurante de Buen Suceso, con Carlos Duma.

¡Valentín Estrada, *Lentín* de su pandilla de Cádiz, allí, en el cementerio de Zaragoza! «¡Qué inesperada coincidencia!», pensó Martina. Supuso que los Estrada, que eran aragoneses, estarían relacionados por vínculos familiares con la mujer de Horacio y, en cuanto terminó la misa, se dirigió hacia él.

Valentín iba inapropiadamente vestido con una americana de terciopelo y unos pantalones a cuadros que resultarían originales y divertidos en cualquier sitio menos en un funeral.

—¡Martina! —exclamó sofocadamente, abriéndose paso entre los deudos—. ¡Cuánto tiempo! ¿Qué estás haciendo por tierras del Ebro?

—He venido para darle un abrazo a Horacio. ¿Es pariente tuyo o lo era su mujer?

Valentín la contempló perplejo.

—No sé de quién me hablas, Martina... ¡Yo no conozco a ningún Horacio!

Un grupo que abandonaba el repleto oratorio de tres en fondo los desplazó contra el muro y Valentín se aplastó contra la inspectora. Ella percibió su aliento, que olía a alcohol, y las manos de su amigo en sus caderas. Enseguida le pareció notarlas más abajo y se removió, incómoda, deseando que esas manos fueran de otro y oyendo decir a Estrada, mientras intentaban alcanzar la salida, arracimándose:

—¡No te habrás confundido de funeral!

—Pudiera ser —admitió la inspectora—. Perdóname, debo encontrar a mi amigo Horacio. Me ha gustado verte, aunque sea en estas circunstancias...

—Nada penosas —rio Valentín. Y le susurró al oído—: Tragicómicas, más bien... Hoy damos tierra a un pelmazo, por mucho que fuera tío mío. ¡No sabes cuánto me alegro de volver a verte, Martina! Hacía tantos años... ¿Desde nuestra pandilla de Cádiz? No, espera... Coincidimos en Cartagena de Indias, ¿recuerdas? Tú debías tener dieciocho años. Estabas buenísima... Bueno, y lo sigues estando.

—Muchas gracias, Valentín. Siempre fuiste caritativo. Tengo que dejarte, lo siento. Llego tarde y quiero dar un pésame a un viejo conocido.

—¡No vayas a equivocarte otra vez de funeral! Deja que te eche una mano. Conozco este cementerio. No hace un año tuve que enterrar a mi padre... Pero no es momento para hablar de él, ni del panorama que me ha dejado. A la entrada del tanatorio verás una oficina de información. Ahí te orientarán. ¿Tienes algo que hacer después?

—¿Por qué?

—¡Por qué va a ser, Martina! Por una vez que vienes a Zaragoza... Podríamos tomar algo. Charlar y brindar por los viejos tiempos.

—¿Brindar? ¿No es muy temprano?

—Nunca es demasiado pronto para descorchar una botella de Objeto de Deseo. Mi nueva marca de cava —se apresuró a explicar Valentín, soltando una risa que sonó como un cacareo y que hizo que algunas personas giraran sus cabezas para censurarle—. ¿Te gusta el nombre?

—¿Objeto de Deseo? Muy original.

—Ha ganado varios premios.

—No sabes cuánto me alegro. Hasta luego, Valentín.

—Ese «hasta luego» me ha sonado a música celestial. ¿Es una promesa?

—O una amenaza —sonrió Martina.

—Siempre fuiste una chica peligrosa. ¿Me das el móvil y te llamo?

—Yo te localizaré, no te preocupes.

—¿De qué modo? ¿Eres adivina?

—De acuerdo, Valentín. No me entretengas más y apúntame tu número.

Haciendo honor a su apodo, Lentín se tomó su tiempo para anotar su teléfono en un trozo de papel que sacó de un bolsillo, del que también surgieron un corcho, un anuncio de un *nightclub* y un rollo de billetes de cincuenta euros, que se le cayó al suelo. La inspectora no necesitó más demostraciones para comprobar que Valentín seguía siendo tan torpe como siempre. Para despedirse, él la besó en ambas mejillas, pero Martina tuvo que apartarle la cara porque le pareció que él buscaba deliberadamente sus labios.

Le hizo caso y consultó en información. Una vez orientada, se dirigió a la parte alta del cementerio.

Soplaba el viento, el célebre cierzo de Aragón. La inspectora recorrió una avenida de cipreses y consiguió localizar a Horacio junto a una colmena de deprimentes nichos. El cortejo se había abierto en semicírculo frente a la que iba a ser la última morada de la señora Muñoz.

La inspectora permaneció en un discreto plano hasta que los operarios se alejaron con las palas al hombro. Entonces, se acercó a Horacio. El veterano policía tenía mal aspecto, con la tez amarillenta y los ojos hundidos. Martina le abrazó en silencio.

—Lo siento muchísimo, mi querido Horacio. Acepte mis más sinceras condolencias y también disculpas por haber llegado tarde.

—Gracias por venir, inspectora —repuso él con un soplo de voz—. Hay desgracias que no tienen solución... ¡No hay remedio, me he quedado solo! —agregó, a punto de derrumbarse.

Martina intentó confortarle.

—¡No vaya a hundirse, Horacio! Por suerte, tiene multitud de amigos. Entre ellos, a mí, que estoy deseando ayudarle.

—Eso es lo que necesitaba oír, inspectora.

—Y lo que he venido a decirle. Me quedaré un día en Zaragoza, por si quiere que nos veamos con más calma.

—Hoy debería atender a mis familiares...

—Por supuesto. ¿Y mañana? ¿Quiere que desayunemos juntos?

—Me parece bien. ¿Dónde se aloja?

—Todavía no lo sé. Le enviaré un mensaje con el nombre del hotel.

Volvieron a fundirse en otro abrazo. La inspectora saludó a un par de mandos policiales, a los que conocía vagamente, y se dirigió hacia el aparcamiento del cementerio. Subió al Jeep y lo puso en marcha.

Un Lexus negro, idéntico al que se había detenido junto a ella en la gasolinera de Santander, apareció en el espejo retrovisor.

Martina dio marcha atrás para enderezar la vía de sali-

da y, en ese momento, se oyó una fuerte explosión. El todoterreno de la inspectora tembló como si hubiera esta-
llado una bomba y los cristales de sus ventanillas saltaron
hechos añicos.

31

Otro vehículo había chocado violentamente contra el suyo.

El impacto dejó aturdida a la inspectora. Por suerte para ella, se había puesto el cinturón de seguridad, lo que evitó que se golpeara en la cabeza contra el parabrisas, que se había partido. Cristales en punta habían salido propulsados como flechas, sin llegar a herirla.

—¿Te encuentras bien, Martina? ¡Por favor, di que sí!

Todavía confusa, la detective miró por la ventanilla y vio la cara pecosa de Valentín Estrada. Su mano izquierda accionó la portezuela del Jeep y la ayudó a bajar del coche.

—Camina un poco —le aconsejó.

—No tengo que llevarme el dedo a la punta de la nariz para saber que estoy bien —repuso ella, con un humor de perros.

Del Lexus negro no había rastro. El coche empotrado contra el suyo era un Chevrolet de color rojo. Al deducir que pertenecía a Lentín, Martina exclamó:

—¡Qué desastre! ¿Cómo ha podido ocurrir?

—No lo sé, y no sabes cuánto lo siento —se lamentó su amigo. Acto seguido, llevándose las manos a la cabeza y mesándose el fino y ralo cabello rubio, se acusó—: ¡Ira de Dios, cae sobre mí! ¡He estado a punto de matarte, Martina, o de dejarte ciega, que hubiera sido aún peor! Si uno de esos vidrios hubiera impactado en tus... ¡Virgen del Pilar, ni imaginarlo quiero!

Si algo desaprobaba Martina eran los comportamientos histéricos. Valentín parecía estar reclamando un Valium. Casi maternalmente, le dijo:

—Ya me he tranquilizado, de modo que cálmate tú. Me encuentro perfectamente, no he sufrido ningún daño.

Estrada asintió con la cabeza, pero no se movió. Estaba como paralizado por la impresión.

—Llevas razón, será mejor no pensar en lo que pudo haber ocurrido. ¡Cómo ha quedado tu coche, fíjate! ¿Seguro que estás bien, Martina? Gracias por tu comprensión. Puedes denunciarme, si quieres. ¡Lo merecería! Iba despistado y pensando en... ¡No vas a creer en lo que iba pensando!

—Mi grado de credulidad ha crecido desde que nos hemos reencontrado, Valentín. ¿Puede haber algo más increíble que un ridículo accidente en el aparcamiento de un cementerio?

—¿No quieres saber en qué iba pensando?

—Está bien, dímelo...

—En ti —declaró él, mirándola a los ojos.

Intentó cogerle una mano, pero Martina le rechazó sin contemplaciones.

—Deja de hacer tonterías, ¿quieres?

Cada vez más irritada, la investigadora subió al Jeep, se sentó a los mandos e intentó ponerlo en marcha, pero no hubo forma.

—Es la verdad, Martina —insistió Valentín—. Ocupabas toda mi mente, mi pensamiento entero. Estaba pensando en lo mucho que me gustaría invitarte a tomar una copa.

La inspectora replicó, sarcástica:

—¿De ese cava tuyo con nombre de fantasía erótica?

—Objeto de Deseo. Sus heladas burbujas nos harán soñar. ¿Quieres subir a mi coche?

—¡Si está destrozado!

—Escucha el motor. ¡Funciona! Te llevaré a un hotel y llamaremos a una grúa para que venga a recoger tu Jeep.

Martina se resignó, desbordada. A pesar de llevar el capó como un acordeón, el Chevrolet obedeció a las marchas. Parloteando sin cesar, como para no dejarla pensar, Valentín atravesó el barrio de Torrero, dejó atrás la vieja cárcel, el Canal Imperial, con sus puentes y patos, sus tilos y plataneros mecidos por el frío aire del invierno y enfiló el paseo de Sagasta en dirección al Gran Hotel.

Aparcó en la misma puerta, en el espacio reservado a los clientes. Entró y solicitó una suite.

—Será un placer atenderle, señor Estrada —dijo la recepcionista, que le había reconocido.

—Cárguenla a mi cuenta.

—Como guste —asintió la empleada. En el alfiler de bolsillo llevaba prendida su identidad: Andresa. Ella era bastante más bonita que su nombre.

Martina no estaba dispuesta a transigir.

—Con una habitación individual sobrará. Y la pagaré yo, naturalmente.

Pero Estrada no estaba dispuesto a ceder.

—Estás en mi terreno, Martina, no hay nada que hacer. De alguna manera tenemos que compensarte de los daños causados.

—¿Tenemos?

—Me refiero al Grupo Estrada —explicó él, retirándose del mostrador porque llegaban otros clientes—. Que debería ser mi *holding*.

Siguieron discutiendo en el centro del *hall*, entre huéspedes que entraban o salían con maletas. Valentín se negaba a dar su brazo a torcer.

—No voy a arruinarme por costear tu alojamiento de una noche. Lo incluiré en los gastos de la bodega, de la que soy director ejecutivo. ¿La señora De Santo puede subir ya? —preguntó a Andresa, acercándose a recepción.

—Su suite está lista —le informó la recepcionista con aire de complicidad, como si no fuera la primera vez que Estrada visitaba el hotel acompañado por una mujer—. Tercera planta. Aquí tiene la llave.

—Gracias, Andresita. Veo que sigues tan eficiente como siempre. ¡No sabes la envidia que me da tu novio!

—Por ahora no hay novio, señor Estrada.

—Habrá que arreglar eso —frivolizó él, guiñándole un ojo—. Aquí tienes, Martina —agregó, entregándole la llave—. Puedes subir en el ascensor. Te estaré esperando en la rotonda de columnas. Tarda lo que quieras, no tengo prisa.

—¿No trabajas hoy?

Valentín se alisó el alón de pelo rubio y distendió sus gruesos labios en una sonrisa globosa.

—Un buen jefe está siempre donde tiene que estar. Mientras te arreglas, llamaré a mi secretaria para advertirle que me encuentro secuestrado en una reunión de la que pueden resultar importantes transacciones para la firma.

Martina estuvo a punto de preguntar qué clase de negocios pretendía cerrar con ella, que jamás había hecho ninguno, pero optó por una prudente retirada y se dirigió al ascensor con el reducido equipaje que había recogido de La Encantona. En cuyo trastero, con la idea de regresar en breves fechas —tal vez, el próximo fin de semana—, había dejado las tablas y el equipo de surf.

32

Nada más abrir la puerta de su suite, la inspectora comprendió que ni siquiera iba a pisar la cuarta parte de sus noventa metros cuadrados, divididos en una antesala, un estudio, el amplio dormitorio y un cuarto de baño forrado en mármol verde.

Sacó ropa limpia y se dio una ducha. Mientras se secaba el pelo, puso una cadena de todo noticias. La televisión no le gustaba especialmente. De hecho, en su casa no tenía. Pero en el ambiente impersonal de los hoteles, lejos de sus cosas, de la biblioteca con libros forrados en piel que le había legado su padre, o de sus tableros de ajedrez, las voces de los bustos parlantes la relajaban.

Sonó su móvil. Era una llamada de Madrid, procedente de uno de los números reservados de la Brigada de Homicidios.

—Buenos días, inspectora. Aquí la agente Barrios. ¿La molesto?

—Para nada, Paquita.

—La llamo porque hay novedades en el caso Durán.

—Estoy deseando oírlas.

—La novedad es que no hay caso, inspectora. Jaime

Durán acaba de aparecer vivito y coleando. Se encuentra sano y salvo en su domicilio.

—¿En Madrid?

—Sí, en una urbanización cercana al aeropuerto de Barajas.

Paquita siguió explicando que la esposa del empresario, Bárbara Luna, había llamado a comisaría hacía tan solo unos minutos, advirtiendo que su marido estaba de vuelta en casa y justificando su ausencia como una falsa alarma. Todo el problema se había reducido a un malentendido entre ambos. En consecuencia, deseaba retirar la denuncia.

Martina le preguntó a su agente quién era aquel tal José María Cortés que había salido con Durán de su despacho tras pedirle una cita y ser recibido por él.

—El propio Durán aseguró que se trataba de un cliente suyo.

Aclarado ese punto, la inspectora terminó de vestirse tranquilamente. Le apetecía sentirse cómoda y se puso un jersey de lana, unos pantalones chinos y las zapatillas de tenis que empleaba para correr. Salió de su suite con la sensación de que el lujo de las alfombras no se correspondía con su atuendo y se dirigió a los ascensores.

Estaba muy relajada. El agua caliente sobre su piel había disipado el cansancio del viaje. Solo necesitaba un café bien cargado y sin azúcar, pero cuando desembocó en la sala de columnas, comprobó que Valentín Estrada estaba tomando algo más fuerte.

—Te recibo como mereces —anunció él, con una cómica solemnidad, señalando una cubitera junto a su mesa. En el cuello de la botella, entre dados de hielo, podía leerse la marca del cava: Objeto de Deseo.

Valentín le sirvió una copa.

—¡Por nosotros!

Entrechocaron las copas y Estrada volvió a exclamar:

—¡Y por la vida, Martina! ¡Dejémonos arrastrar por el destino!

La inspectora se llevó a los labios su primer sorbo de Objeto de Deseo.

Para bien o para mal, no iba a ser el último.

33

Tiempo después, Martina seguiría sin recordar con exactitud a qué se dedicaron durante todo aquel largo día —o corto, según se mirase—, Valentín y ella. Sus lagunas de memoria afectaban sobre todo a los episodios acaecidos al término de la tarde y la caída de la noche, cuando ambos habían bebido más de la cuenta. Particularmente, Lentín.

Desde la sala del Gran Hotel donde habían brindado con Objeto de Deseo, un cava que a Martina le pareció excelente, Estrada había llamado por teléfono a su secretaria. Le encargó que enviase una grúa a recoger el coche de la inspectora De Santo, a cuyo fin facilitó la matrícula del coche a Diana —así se llamaba la secretaria, con quien asimismo, como con la recepcionista, Valentín parecía disfrutar de un considerable grado de complicidad—, y concluyó ordenándole:

—Reserva una mesa para dos.

—¿Donde siempre?

—Preferiría algo más informal, Diana. Prueba en el casco viejo.

Hecha esta gestión, un jocoso Valentín comunicó a Martina que, laboralmente hablando, no tenía más compromisos ese día, por lo que se ponía a su disposición para mostrarle las bellezas de Zaragoza.

La inspectora se dejó llevar. Subieron a las torres del Pilar, visitaron La Lonja y La Seo, cruzaron los puentes sobre el Ebro y caminaron por sus riberas resistiendo como buenamente pudieron el cierzo helador que rizaba las achocolatadas aguas.

Más que una mera impresión, Martina tuvo la sospecha de que, caminando junto a ella, Valentín buscaba su contacto físico con más frecuencia de la apropiada. Le cogía un brazo, dejaba descansar una mano en su hombro o, de una forma que no parecía nada casual, le rozaba un pecho con el codo...

Con ganas de entrar en calor, se refugiaron en el restaurante de El Tubo, donde habían hecho la reserva. Valentín siguió mostrándose animadísimo. Era un conversador anecdótico, desternillante a ratos, cargante otros, y saltaba de un tema a otro con la misma facilidad con que vaciaba sus vasos de vino.

Durante el primer plato, consistente en migas de pastor, endosó a Martina una disertación sobre la ciudad, sus claves políticas y económicas, y los apellidos que movían los hilos del poder.

—Me gusta dividir este capítulo en dos apartados —anticipó, con retranca aragonesa—. Los hijos predilectos y los hijos de puta.

A medida que pasaban a las carnes y a una segunda botella de vino, la inspectora, un tanto fatigada por el abuso de referencias locales, hizo derivar la conversación hacia los más anchos confines de Sudamérica, y se refirió, como de pasada, a uno de los nexos de unión entre los Estrada y los De Santo: la expedición al país de los jíbaros organizada por su tío Alberto y por Rafael Estrada, el padre de Valentín.

Quien, lúgubremente, sentenció:

—Tu tío y mi padre están muertos, pero seguirían vivos de no haber sido víctimas de la maldición jíbara.

La inspectora reaccionó con sorpresa.

—¿Eres supersticioso?

—No hay que serlo para adivinar lo que les ocurrió a los dos —repuso Valentín, expresándose con solemnidad—. Basta remitirse a los hechos. Mi padre, como tu tío, falleció de manera inesperada y violenta. ¿No fue así? ¿No se ahogó Alberto de Santo?

Martina asintió en silencio.

—Si no recuerdo mal —calculó Valentín—, la muerte de Alberto debió acaecer hará, más o menos, un año. Casi al mismo tiempo que la de mi padre. ¿Te das cuenta? Y apenas había transcurrido otro año desde que ambos regresaron de su fatídico viaje al Alto Marañón, donde algo de lo que hicieron debió irritar a los dioses jíbaros. ¿Cómo murió Alberto, exactamente?

Muy a su pesar, pues ese recuerdo le era especialmente doloroso, Martina recordó que su tío había alquilado una motora en Ceuta con el propósito de atravesar el Estrecho hasta Cádiz. Pero nunca conseguiría arribar a puerto. La embarcación fue embestida por otra, volcó y atrapó a su único tripulante debajo del casco. Unos marineros encontraron el cuerpo de Alberto de Santo flotando en el mar. Del barco que había hundido su lancha, nunca se supo. La inspectora tuvo que acompañar a su tía Dalia al reconocimiento del cadáver. Fue una experiencia terrible. Enterraron a Alberto en el camposanto gaditano, en una mañana de sol, incompatible con la tragedia... Como aquel otro drama, no menos doloroso, que se había llevado a la otra vida a Rafael Estrada.

Con la voz ronca no tanto por la emoción como por la

garnacha que estaba bebiendo como si fuera agua, su hijo recordó el accidente que le había costado la muerte.

—Mi padre era un piloto fantástico, Martina. Tenía mucha experiencia, miles de horas de vuelo, pero de nada le sirvió. Había despegado del aeródromo de Logroño y se dirigía a la pista particular que había hecho construir en nuestra bodega de Cariñena... Pero, tal como le sucedió a tu tío Alberto, nunca llegó. Algo falló en el motor y su aparato se estrelló contra las faldas del Moncayo. Un accidente, dijeron... Yo no lo creí. Nadie que se hubiera tomado en serio la maldición jíbara lo habría creído jamás.

—¿Qué maldición es esa? —preguntó Martina porque Valentín la había mencionado por segunda vez, y de nuevo lo había hecho sin sombra de burla.

—Pregúntale a Betania.

—Lo haría si supiese quién es.

—La viuda de mi padre. ¡Mi madrastra!

La inspectora se lo quedó mirando con estupor.

—Supe que tu padre se había divorciado, pero no que se hubiera vuelto a casar.

—Pues lo hizo. ¡Y con una bruja!

Lentín le contó a Martina que su padre, el diplomático y empresario Rafael Estrada, había conocido durante sus exploraciones por las selvas de Ecuador a una joven mestiza, hija de padre español y de madre india. La había cortejado, conquistado, y traído consigo a España. Apenas unos meses más tarde, se casaban en la basílica del Pilar. Valentín se opuso inútilmente a la boda, por considerarla absurda, pero no consiguió frenar a su padre, que estaba locamente enamorado.

La voz de Valentín se hizo más débil y a sus ojos celestes afloró la acuosa pena de una incipiente borrachera.

—Al poco de celebrar el enlace, volví a ponerme el traje oscuro, pero en aquella ocasión sería para enterrar a mi padre. ¡Acabaron con él, Martina, puedes estar segura! ¡Lo mataron, como igualmente asesinaron a Alberto de Santo!

La detective enarcó una ceja.

—¿Quiénes? ¿Los jíbaros?

—Las fuerzas —masculló Lentín.

—¿Qué fuerzas? —preguntó Martina en el colmo del asombro.

—Las que apoyan a Betania. ¡Esa mujer es un verdadero diablo! Hipnotizó a mi padre, anulando su voluntad y reduciéndolo a la condición de un títere en sus manos. ¡Compruébalo! ¡Tú puedes hacerlo, eres policía! ¿Quieres pruebas? En su testamento —y Valentín se interrumpió para dar un golpe en la mesa con la palma abierta—, mi padre me desheredó. ¡Por culpa de esa maldita india, para complacerla hasta el final, más allá de la muerte que ella misma le provocó!

Otro golpe suyo hizo temblar platos y cubiertos. La mirada de Estrada había adquirido un aire febril. Sus palabras se enrevesaron hasta hacerse ininteligibles. Martina se alegró de que sonase su móvil, proporcionándole una excusa para levantarse.

Era el inspector Castillo, desde Cádiz. Había conseguido reunir algunos datos interesantes sobre Pedro Arrúa y le llamaba para anunciarle que se los enviaba por correo electrónico. No obstante, le adelantaba ya algunas cuestiones inquietantes relacionadas con ese sujeto. Antes de emigrar a Sudamérica, Arrúa había sufrido dos procesos: uno por narcotráfico y otro por homicidio involuntario, el de la muerte de una mujer a la que se relacionaba con él. De ambos juicios había salido absuelto.

Mientras Martina hablaba con Castillo, Valentín había llamado al camarero para pedirle una botella de Objeto de Deseo. Para su contrariedad, no quedaban existencias. Se le ofreció otra marca, pero se negó muy dignamente a aceptarla. Su cava, aseveró, un tanto desafiante, no admitía comparación.

Martina regresó a la mesa y pidieron cafés y un par de whiskies. Obsesionado y cada vez más achispado, Valentín siguió hablando de su madrastra, Betania:

—Tendrías que ver sus ojos, Martina. Son como ascuas... Hermosa es, no se le puede negar... ¡Tanto como perversa! Pero te estoy aburriendo. Dejemos mis temas familiares y hablemos de otras cosas más...

La inspectora se mostró comprensiva.

—Si necesitas desahogarte, te seguiré escuchando con mucho gusto.

—Muchas gracias, Martina. De niños eras mi mejor amiga y me das prueba de que lo sigues siendo. ¿Me das también un cigarrillo?

—No sabía que fumaras.

—Ni yo.

Lentín rio tontamente y lo encendió sin maña. Al inhalar el humo se puso a toser. Bebió agua y luego, con más avidez, el vino que le quedaba en la copa.

—Me gustaría que conocieras a Betania, para contrastar tu opinión —dijo acto seguido, levantando los ojos al cielorraso del restaurante, como si necesitara inspiración o ayuda—. La mayoría de los hombres opinan que es fascinante. Algo tendrá, pues mi padre, tan equilibrado siempre, se desnortó por ella. Su pasión hacia Betania fue más fuerte que su amor filial hacia mí. ¿Sabes cuál fue mi respuesta a su absurdo y senil matrimonio, Martina? Relegar su apellido. Ni corto ni perezoso, me encaminé al registro y cambié el orden de los míos, dando prioridad al materno y pasando a llamarme Valentín Muñoz Estrada.

La inspectora desprendió:

—Por eso estabas esta mañana en el entierro de un Muñoz.

—Que era pariente de mi madre, en efecto. Pero hablemos de temas más alegres. ¿Te gusta el cabaret? ¡A mí me enloquece! En El Plata hay sesión vespertina. ¿Nos animamos? Es un local serio y tienen Objeto de Deseo. Podemos pedir una botella.

La inspectora parecía estar muy a gusto en su compañía y aceptó. Sin salir de las angostas calles de El Tubo, entraron al cabaret.

Al terminar la función, que fue realmente divertida, volvió a sonar el móvil de la inspectora. De nuevo era Carlos Duma, que insistía en hablar con ella. Desde la hora del desayuno su memoria telefónica había almacenado tres mensajes suyos. No pasaban un par de horas sin que el antropólogo intentara ponerse en contacto. La inspectora estuvo a punto de cogerlo, pero lo dejó sonar.

Estrada y ella siguieron tomando vinos por el casco viejo, hasta que Martina se dio cuenta de que estaba en un tris de emborracharse y se pasó a los cafés. Valentín, en cambio, la emprendió con una serie de gin-tonics que cada vez le duraban menos, como si su sed, lejos de calmarse con todo lo que había bebido, se hubiera tornado insaciable.

A la hora de cenar, él no estaba en condiciones de ir a ningún otro lugar que no fuese su cama, pero, con ebria insistencia, porfió hasta empujar a Martina —en sentido literal— hasta una tabernita de ambiente taurino, cerca del coso de La Misericordia. Ocuparon una mesa bajo las astas de un momificado Victorino lidiado por el diestro aragonés Raúl Aranda en las Fiestas del Pilar de 1985, y allí, entre el olor a pez de las barricas y la fritanga que salía de la cocina, Valentín descubrió con voz gangosa la cornada que más le había dolido: la que antes de morir le infligió su propio padre.

—Cuando el notario nos leyó su testamento, sentí que el mundo se hundía bajo mis pies. ¡Betania, heredera universal del Grupo Estrada! Estamos hablando de una fortuna, Martina. Inmobiliarias, agencias de viajes, fincas, acciones... Mi viejo solo me dejaba la bodega y una cantidad de dinero a todas luces insuficiente para colmar mi espíritu derrochador.

—¿Sabes quién se dedicó también al negocio del turismo? Pedro Arrúa, aquel chico que salía de vez en cuando con nosotros en la playa de Cádiz. Pedrito, el hijo del toldero, ¿te acuerdas?

—Para nada. ¡No, espera...! ¡Sí, ya lo recuerdo! ¿Qué habrá sido de él, qué vida habrá llevado?

—Me escribió hace poco. Hoy es un adinerado hombre de negocios. Hace años emigró a Ecuador, pero acaba de trasladarse a Belice.

—¡Bonito país! —exclamó Valentín con tanto entusiasmo que derramó el vino sobre la mesa.

—¿Has estado en Belice?

—Ya lo creo. Varias veces. Cuando no puedo soportar más las maniobras de Betania, agarro mi catálogo de vinos y me largo a abrir nuevos mercados. Últimamente, he viajado mucho a Centroamérica. Belice es un país maravilloso, con todo por hacer...

«¿Dónde he oído esa frase? —se preguntó Martina—. Estaba escrita en la carta de Arrúa», cayó. Ocultó este pensamiento en el fondo de su mente y, en un tono evocador que en absoluto se correspondía con su tensión interna, comentó:

—Me han dicho que los cayos de Belice son muy hermosos.

—¡Y no te han mentido! Hay uno pequeño, Caulker, ideal para perderse en buena compañía... El más grande y hermoso es Ámbar Gris.

—Hablas de esas islas como si te resultasen muy familiares.

—Lo son. Viajo a Belice una o dos veces al año ¡Tengo una idea, Martina! Podrías venir conmigo.

—¿A Belice?

—¿Por qué no? Localizaremos a ese granuja de Pedro Arrúa y brindaremos por los viejos tiempos con Objeto de Deseo.

La inspectora sonrió.

—¿Cuándo tienes que ir?

—Cuando yo quiera.

—¿Por negocios?

—Y cada vez más rentables. En Belice el dinero corre que da gusto. Hay restaurantes donde el cliente llega a pagar cien dólares por una botella de Objeto de Deseo. Descontando mis... contribuciones a las autoridades, el beneficio es alto.

—No estarás mucho tiempo en Zaragoza, con tantos viajes.

—Y desde que apareció Betania, lo menos posible.

—Así es difícil echar raíces.

—Soy semilla errante, Martina. Bala perdida. Aunque, cuando me tropiezo con una mujer como tú, con tu estilazo y tu personalidad, me dan ganas de plantar la tienda. No me mires así...

—¿Cómo te miro?

—Con misterio... ¿Por qué hay tan pocas mujeres con una manera de mirar como la tuya? ¡Es como si en tus ojos se reflejara la ilusión del mundo! Una mujer como tú es capaz de cambiar a un hombre con una sola mirada. Escúchame, Martina, yo...

A Valentín se le trabó la lengua y se la quedó mirando con los ojos brillantes de humedad. Estaba llorando sin darse cuenta. Le cogió las manos y le propuso con voz ronca:

—¿Y si nos casáramos, Martina? ¿Cómo serían nuestros hijos? ¡Muy guapos!

Estaba como una cuba. Intentó besarla, pero Martina se apartó y él cayó aparatosamente al suelo, arrastrando el mantel, los platos y los vasos, que se rompieron con estrépito.

La inspectora reaccionó con sangre fría. Le ayudó a ponerse en pie, se disculpó con el tabernero, añadió otro billete a la cuenta para compensar los desperfectos y sacó a su amigo a la calle.

Valentín no se daba por vencido. En cuanto el aire frío de la noche le hubo despejado, propuso ir a tomar otra copa. Martina decidió mostrarse firme. La juerga, al menos para ella, había concluido. Se ofreció a llevarle a casa.

—¿Conduciendo tú? —protestó él con beodos ademanes—. ¡Si me encuentro perfectamente!

Martina extendió la palma de la mano.

—Las llaves del coche.

—Como usted ordene, señora inspectora —farfulló Lentín, andando en forma de eses y dando un traspié tras otro. En un momento de lucidez, admitió—: Sí, lo mejor será que tomes el mando de operaciones. Vamos al coche... ¡Al coche, al coche!

34

Les llevó un rato encontrar el Chevrolet, que habían dejado aparcado a mediodía en la plaza de San Felipe. Allí seguía, con un faro roto y el capó medio levantado por el golpe que había sufrido en el cementerio contra el Jeep de Martina.

A Estrada se le cerraban los ojos. La inspectora le apremió:

—Tu dirección.

Él se la dio justo un segundo antes de perder la conciencia. La inspectora programó el GPS y se dejó llevar. Una metálica voz femenina la fue conduciendo hasta sacarlos de la ciudad, en dirección al meandro del Ebro.

El Chevro fue dejando atrás la autovía de Logroño, y luego una carretera comarcal, para meterse finalmente por un camino de tierra aplanado a la altura de la ribera, por lo que seguramente se anegaría con las crecidas del río.

Al poco rato, llegaron a una casa con aires de finca rústica y una serie de edificaciones colindantes que podían ser almacenes, graneros o cuadras.

Un perro, un pastor alemán, surgió de la oscuridad ladrando como un poseso. Cruzó el césped del jardín, se colocó en posición rampante con las patas en el zócalo de la verja y, sin parar de ladrar estruendosamente, mostró entre los barrotes sus fieros colmillos.

—Se llama *Raposo* —murmuró Valentín sin abrir los ojos. Extendió una mano y tanteó la guantera hasta encontrar un mando a distancia, con el que, presionándolo torpemente, abrió la verja—. No tengas miedo, Martina. Es perro ladrador y, en consecuencia, poco mordedor. Grandote e inofensivo como yo.

—Estás borrachísimo, Valentín. Voy a acompañarte hasta la puerta.

—Pero no a la principal, Martina. Yo vivo en una dacha, detrás... Toma conmigo una última copa... ¡Quédate, te lo suplico de rodillas! ¡Has dicho que no a nuestra boda, pero no podrás seguir evitándome eternamente!

La inspectora se lo quitó de encima como pudo porque él se le agarraba a la cintura e intentaba hacerla bailar.

—Entraré un momento a tu casa, para asegurarme de que no te rompes la crisma. ¡Pero nada de copas!

—¡No sabes cómo me alegro! Ven, dame la mano. Rodearemos el jardín hasta mi casita de chocolate.

Valentín sacó unas llaves del bolsillo, pero se le cayeron al suelo. Como no conseguía encontrarlas, Martina se las tuvo que buscar entre la hierba.

—Shhh... Avancemos en silencio, no nos vaya a sorprender Betania.

La inspectora lanzó una mirada a la casa principal. Estaba completamente a oscuras. No se veía ninguna luz.

—Tiene que estar dormida.

—No creas. Suele acostarse muy tarde. Estará en la biblioteca, tomándose un oporto de quinientos euros la botella y amañando documentos contables para dejarme sin voz en los consejos de dirección en los que todavía ocupo una silla. Porque sin voto ya me ha dejado. ¡Ten cuidado,

Martina! Camina por la vereda, no te vayas a caer a la piscina. Ya llegamos... Mi dacha te va a encantar. Bailaremos unas rumbas y te enseñaré mi colección de sellos.

—Jamás se me hubiera ocurrido adjudicarte esa afición.

—¿Los bailes de salón?

—La filatelia. ¿Tienes ejemplares valiosos?

—¡Ya lo creo! Sellos antiguos, únicos, y también colecciones actuales, de diferentes países. Los sellos dicen mucho de la personalidad de las naciones a las que representan. Los sellos rusos, por ejemplo, son pesados, geométricos...

—¿Y cómo son los sellos de Belice?

—¿Por qué me haces esa pregunta, Martina? Ah, ya entiendo, por lo que hablábamos antes. Los sellos beliceños son preciosos, como un bosque naif de animales y flores. Mariposas y granadas, jaguares y orquídeas...

Valentín tropezó con una de las losas del jardín, se cayó y volvió a levantarse, tambaleándose.

—¡Mira, hemos llegado a mi casita de juguete! Pasa, Martina, pasa.

Estaban frente a una casa prefabricada de una sola planta, enclavada detrás de la mansión principal, pero a una cierta distancia de su seto. La corriente del Ebro se oía no mucho más allá, discurriendo con un sordo rumor en la quietud de la noche. La Osa Mayor brillaba en el cielo. Valentín acarició la cabeza de *Raposo*, que se frotaba contra sus rodillas. Manteniendo un precario equilibrio, se concentraba en abrir la cerradura cuando una potente luz reveló de golpe el porche trasero de la vecina mansión.

Martina y Valentín se giraron a un tiempo, deslumbrados. El foco, procedente del interior, iluminaba de espaldas a una mujer, dejando en sombra su rostro. Era alta y llevaba una prenda larga, una especie de abrigo, de color hueso, que le daba un aire fantasmal.

«Betania», supuso la inspectora.

Como si se les hubiese aparecido el mismísimo demonio, Valentín se precipitó al interior de su refugio. Martina le oyó tropezar y caer. La inspectora entró a su vez a la casita y palpó las paredes hasta encontrar un interruptor y dar una luz. Como pudo, incorporó a su propietario, y único habitante, al parecer, de la cabaña, y lo acostó en un sofá, abrigándole con una piel de cebra.

La inspectora echó un vistazo a la vivienda de Lentín. Era pequeña, y coqueta al estilo de la de un caprichoso solterón, con una decoración miscelánea y abigarrada. Las paredes, que imitaban troncos, estaban cubiertas de máscaras, escudos y lanzas, entre otros objetos procedentes de grupos étnicos y clanes tribales africanos, orientales y amazónicos.

Sobre los muebles, algunas fotos acreditaban la pasión viajera de Valentín Muñoz Estrada. En una de ellas, se le veía en pie en la proa de una piragua, en mitad de un caudaloso río, descorchando una botella y sonriendo a los nativos que manejaban los remos. Contemplando esa imagen, la inspectora tuvo tres instantáneas certezas: que el río era el Amazonas, jíbaros los remeros y Objeto de Deseo la marca de la botella.

En cuanto Valentín empezó a roncar, que fue a los dos minutos, Martina salió de la cabaña. Después de aplacar al perro, todavía muy excitado, se dirigió a la verja.

La mujer espectral seguía de pie en el porche de la casa principal. Martina pasó a unos metros de ella y la saludó con un movimiento de cabeza, pero Betania permaneció inmóvil como una esfinge. La inspectora pudo distinguir al contraluz sus rasgos exóticos, de una gran belleza, con el óvalo del rostro muy anguloso y el cabello negro cayéndole a la espalda.

Agotada, Martina condujo el Chevro hasta el Gran Hotel. Lo dejó en la puerta y subió a su planta.

Nada más abrir su suite, advirtió que alguien había entrado en su ausencia. Su ropa estaba revuelta sobre la cama, pero el ladrón o los ladrones no habían encontrado su pistola, escondida bajo el somier de la cama.

En cambio, sí habían abierto el maletín y sacado de él la carta manuscrita de Pedro Arrúa, que no estaba.

No faltaba nada más. Solo la carta.

35

A las once de la mañana del día siguiente, en cuanto hubo subido en la estación Zaragoza-Delicias a su tren de alta velocidad de regreso a Madrid, la inspectora se quedó profundamente dormida. Nada tenía de extraño, pues no había descansado en toda la noche.

Apenas descubrió el robo, había bajado a la carrera a la recepción del Gran Hotel para hablar con el portero de noche. Era un hombre mayor, de aspecto tan somnoliento como sus reflejos mentales. Tras identificarse como inspectora de policía, Martina le hizo una serie de preguntas, pero las respuestas del empleado no la ayudaron. El conserje le reiteró que la única manera de entrar a las habitaciones era utilizando una llave maestra. Y esa noche, que él supiera, nadie la había cogido.

—¿Hay cámaras en mi planta? —preguntó Martina.

—No lo sé. Tendrá que hablar con dirección.

—¿Y en la entrada del hotel?

—Sí, pero creo que no están funcionando. Tendrá que hablar con dirección.

A las ocho de la mañana, en cuanto el nuevo turno entró a trabajar, Martina abordó a la subdirectora del hotel. Era una mujer joven, con buen aspecto, llamada Silvia Lago.

La subdirectora le aseguró que en su planta no había cámaras de seguridad, aunque sí estaban instaladas en el *hall* y en algunos de los salones; pero se daba la circunstancia de que el circuito se encontraba en proceso de pruebas y el día anterior no había funcionado el sistema.

Al cabo de unos minutos, los que empleó en despachar con la gobernanta, la señorita Lago tuvo que admitir que, efectivamente, alguien había entrado el día anterior a la habitación de la señora De Santo. Hacia las dos de la tarde, una de las camareras había encontrado a un hombre indispuesto junto a la puerta de su suite. No se encontraba bien y necesitaba disponer de la habitación de su mujer —y dio el nombre de Martina—, que era, explicó, quien se había registrado por los dos. La camarera no lo dudó porque el hombre parecía realmente enfermo, y le abrió la puerta con una llave maestra. Lo describió como un individuo corpulento y bastante alto, de unos cincuenta años. Tenía el rostro en parte oscurecido por una lesión de piel o por la huella de una antigua quemadura.

A las nueve en punto, Horacio Muñoz, apoyándose en un bastón porque su cojera se le había agravado con la edad, se presentó en el hotel para desayunar con ella.

La inspectora le hizo un resumen de cuanto le había sucedido en la última semana, desde que había recibido la carta de Pedro Arrúa en La Encantona, el albergue asturiano que el propio Horacio le había recomendado, hasta el robo de la misiva. Dándose la circunstancia de que el mismo hombre que la había hurtado, pero con barba postiza, se había apoderado de otra carta similar, también de puño y letra de Arrúa, en el despacho de Jaime Durán, un empresario español implicado en aquel enrevesado caso, que pasó a explicarle a Horacio.

Después de reflexionar sobre cuanto Martina, con su

habitual concisión, hubo expuesto acerca de la composición de la compañía Pura Vida, el sacrificio de dos de sus miembros, las leyendas amazónicas del rey de los jíbaros y el reencuentro de la inspectora en Zaragoza con Valentín Muñoz Estrada, el viejo y experimentado policía opinó:

—Si alguien se ha tomado la molestia de robar esas cartas, los documentos podrían tener en sí mismos más relevancia aún que sus extraños contenidos. ¿Tuvo la precaución de hacer copias de su carta?

La inspectora manipuló la pantalla de su móvil para abrir el archivo de imágenes.

—Fotografié sus páginas con el móvil y las reenvié a mi ordenador portátil. Fíjese, Horacio. Papel anaranjado, letra roja, de mosca...

—No sé por qué, inspectora, pero tengo la certeza de que esa carta no va a ser la última que reciba usted desde Belice.

Martina ya había tenido ese mismo presentimiento.

—Es posible que el juego no haya hecho sino empezar. ¿Le gustaría colaborar conmigo en desentrañar sus claves, Horacio? ¿Se encuentra usted en condiciones anímicas?

—No soy el de siempre, como se puede imaginar, pero será un placer echarle una mano. Me servirá para no estar todo el rato pensando en mi pobre mujer...

Bajó la vista, abatido. Martina le sirvió otra taza de café.

—Si hay una cosa de la que me sienta orgullosa, Horacio, es de ser su amiga.

La inspectora terminó de convencerle con más facilidad de la prevista y le encomendó varios cometidos. Por un lado, le encargó que intentase averiguar la identidad del hombre que había robado la carta en su suite, y si un Lexus de color negro que le había seguido desde Asturias había sido visto en los aledaños del hotel. Tal vez, apuntó Martina, las cámaras de los establecimientos cercanos, siendo que algunos eran joyerías y *boutiques*, habrían captado a los ocupantes, que eran dos.

Además, Martina le pidió que recopilara información sobre los negocios del Grupo Estrada, así como acerca de las responsabilidades que Betania y Valentín Muñoz Estrada venían ejerciendo, respectivamente, en las empresas familiares desde la muerte de Rafael.

—Que ocurrió hace un año —agregó la inspectora—. Su avioneta despegó del aeródromo de Logroño y se estrelló contra las faldas del Moncayo. Su hijo, Valentín, no cree que se debiera a un accidente y apunta a un atentado.

—Lo comprobaremos —dijo Horacio.

Martina se despidió de él y durmió en el tren durante la hora y cuarto de su trayecto ferroviario a Madrid.

A la una de aquel mediodía, 7 de diciembre, un taxi la llevó desde la estación de Atocha hasta su nuevo piso de alquiler, en la plaza Mayor.

Abrió la puerta de su apartamento, dejó la bolsa de viaje en la cocina y entró al dormitorio. Se tumbó vestida en la cama y volvió a quedarse dormida hasta pasadas las cuatro de la tarde, hora en que sonó su móvil.

Era Carlos Duma. Martina estuvo a punto de cogerlo, pero lo dejó sonar una y otra vez, hasta que el antropólogo se cansó de llamarla.

36

El apartamento que la inspectora había alquilado en la plaza Mayor de Madrid era luminoso y amplio.

Se trataba de la tercera vivienda que Martina estrenaba en los últimos dieciocho meses, el tiempo que llevaba destinada en la capital de España.

Había abandonado el dúplex de Pozuelo de Alarcón porque le recordaba constantemente al asalto sufrido por el violador y en sueños seguía oyendo los disparos que había encadenado para acabar con la vida de Sergio Trul.

De Pozuelo se había trasladado a un piso grande e impersonal, situado en la avenida Príncipe de Vergara. Pero, al poco de habitarlo, se le hizo, efectivamente, tan insustancial como si un brote de la epidemia de globalización le hubiese inoculado la fiebre de la indiferencia. Estaba buscando otras alternativas cuando pasó por la plaza Mayor, vio un letrero con un teléfono, se detuvo y llamó.

El propietario, Ezequiel Marulanda, vivía cerca, en la Puerta del Sol. En su condición de jubilado tenía poco que hacer y se llegó al minuto a la plaza Mayor, donde le esperaba Martina. Se reveló como un tipo majestuoso, con bigote de escoba, chaqueta de *tweed* y zapatos blancos y negros, al estilo gánster años veinte. Pero era hombre de ley y se presentó con protocolaria solemnidad: coronel de Infantería en la reserva, viudo y con seis hijos. Hablaba con voz de trueno y sufría de sordera. Debido, seguramente, a ello, había asegurado a Martina:

—Por mucho que esos reclutas del batallón del botellón alboroten en la plaza, el sistema de aislamiento en el que me he gastado un buen dinero le evitará toda molestia, inspectora. Puedo comprometérselo con la palabra de un viejo soldado: dormirá usted como si el silencio fuese el mejor aliado de la noche. Contra los intimidatorios gritos y asaltos del enemigo exterior, mi piso actúa como una fortaleza.

Martina, que padecía insomnio crónico y se desvelaba al menor rumor, había querido creer en las palabras del coronel, pero ya durante la primera noche que pasó en su nuevo apartamento pudo comprobar que los ruidos se oían hasta en la cocina, la dependencia más interior de la casa, y que los chirridos de la maquinaria del ascensor o cualquier trajín en la escalera vecinal traspasaban sus paredes como si fueran de celofán.

Pero no le importó. Le gustaba la plaza Mayor, con sus cuchillerías y tiendas de antigüedades, sus casas de numismática y filatelia, sus mimos y pintores. Y también, y al margen de los ruidos, comenzó a sentirse a gusto y muy cómoda en aquel histórico inmueble que el coronel había restaurado con molduras de escayola, maderas claras y pintura gris.

De las habitaciones que daban a la plaza Mayor, justo frente a la estatua ecuestre de Felipe III, Martina prefería una que intencionadamente había dejado vacía. Le relajaba enfundarse en un albornoz y sentarse estilo bonzo en el parquet de ese cuarto, fumando pensativamente mientras observaba el hormiguero humano de la plaza.

Los sábados por la noche, grupos de jóvenes —el batallón del botellón, como les llamaba el coronel Marulanda— se reunían a beber en torno a la estatua. Una de esas madrugadas, un botellazo se había estrellado contra la ventana de «la celda», nombre con el que Martina había bautizado su lugar de meditación, y roto el cristal. La inspectora llamó a un cristalero de urgencia, y a Marulanda para informarle.

—¡Si llego a estar yo en la trinchera! —había vociferado el coronel una vez la detective, expresándose también, para vencer su sordera, a grito pelado, le hubo expuesto el percance—. ¡Me hubiera enfrentado a esa canalla a sablazo limpio!

El vidrio quedó arreglado, el coronel le encontró a Martina una mujer para la cocina y la limpieza y la inspectora se consideró definitivamente instalada en la plaza Mayor. Había traído consigo la ropa justa, sus trajes, sus sombreros, sus fetiches, los tableros de ajedrez en los que reproducía partidas célebres o jugaba contra sí misma, y la selecta biblioteca de su padre. Cuando acariciaba sus lomos, encuadernados en piel, recuperaba un consolador vínculo con su memoria.

Además de un notable diplomático, Máximo de Santo había sido un apasionado estudioso de las religiones y civilizaciones antiguas. Entregado en cuerpo y alma a la diplomacia, tan solo de manera ocasional pudo ejercer sus otras grandes pasiones: la geografía, la antropología, la arqueología...

A ratos perdidos, el fallecido padre de Martina se había revelado asimismo como un notable escritor. Conocía a la perfección las distintas partes del globo a las que había sido destinado. De modo particular, la orografía sudamericana, que había recorrido de norte a sur y de este a oeste, participando en expediciones a territorios poco explorados de Venezuela, Ecuador o Brasil. Su hermano Alberto le había acompañado en algunas de esas travesías, e incluso Martina, siendo muy joven, se había sumado a aquellos emocionantes viajes, de cuyas aventuras guardaba imborrables recuerdos. En el Amazonas, sin embargo, Martina no había estado. Su padre se había negado a llevarla, por los peligros que entrañaba.

El embajador no había llegado a publicar libros, pero algunos de sus artículos monográficos, como un ensayo acerca de la difícil supervivencia de la etnia rapanui, en la isla de Pascua, integraron actas congresuales o misceláneas publicaciones de temas etnográficos. Precisamente, Martina estaba ordenando sus libros cuando encontró una pequeña monografía escrita por su tío Alberto sobre la igualmente compleja adaptación a la civilización moderna por parte de los shuar del Alto Amazonas. La hojeó y la dejó en la mesilla como material de consulta.

La inspectora disponía de muy escaso tiempo libre. Estaba tan ocupada que pasaba fuera la mayor parte del día. A lo largo de su jornada laboral, raramente regresaba a su apartamento. Sus horas transcurrían de servicio en las calles o en su despacho de la comisaría central.

Tenía pocos amigos en Madrid y una vida social prácticamente inexistente, pero no se quejaba. Trabajaba de firme y no era raro que fuese la última en abandonar la brigada. Si disponía de algún rato, lo empleaba en el gimnasio o en la galería de tiro. Cuando —pasada, por lo general, la hora de la cena— volvía a su casa, lo único que deseaba era leer un rato y meterse en la cama.

Se levantaba muy temprano, a las seis en punto de la mañana. Se ponía un pantalón de chándal, una vieja cazadora y unas zapatillas de tenis y salía al frescor del amanecer.

Con la luna iluminando aún los rincones del Madrid de los Austrias, practicaba *jogging* entre cuarenta y cinco minutos y una hora.

Era su momento más feliz. Nada le gustaba tanto como respirar el aroma a café de los bares recién abiertos, sintiendo de qué modo su sangre respondía al ritmo de la carrera y sus músculos acumulaban una energía tumultuosa y vital que la impulsaría a la acción durante el resto de la jornada.

37

Después de haber leído en silencio y con profunda concentración la carta de Pedro Arrúa, que Martina le había entregado reproducida en el papel reciclado de las fotocopiadoras de la comisaría, Lorena Cruz, la psicóloga, advirtió:

—Yo que tú, no me fiaría de ese tipo.

La inspectora y Lorena se encontraban en la tercera planta de un edificio adjunto a la comisaría central. Eran las diez y media de la mañana.

Dos horas antes, a las ocho y media, Martina se había apostado frente al número 13 de la calle Alberto Alcocer.

A las nueve menos cuarto en punto, el matrimonio Duma había salido de esa casa. Carlos daba la mano a un niño de unos cinco años de edad que caminaba con una mochila escolar a la espalda. El niñito iba muy abrigado contra el frío, con una parka con cuello de borreguillo y un gorro de lana con pompón.

El antropólogo se despidió con un beso en los labios de la mujer que le acompañaba, que a todas luces era su esposa, y se alejó por la acera caminando con el niño.

Martina se quedó un rato a resguardo del portal desde donde había observado esta familiar y cotidiana escena, terminando de consumir un cigarrillo que le supo particularmente amargo. Cuando Duma y su hijo se perdieron calle abajo, se dirigió a comisaría.

Defraudada, pero sin que la más mínima señal de decaimiento asomara a su rígida compostura, despachó unos cuantos asuntos con el subinspector Bergua y varios de sus colaboradores y cambió de edificio por un pasadizo recientemente acoplado a la altura de la segunda planta, en la que se encontraba su sección de Homicidios. Desde el rellano, cogió el ascensor hasta el despacho de la doctora Cruz, en la quinta.

El Departamento de Psicología tenía algo de sala de ambulatorio. No podía ser más aséptico. No había estanterías ni cuadros, diplomas ni calendarios, crucifijos ni fotografías personales. El mobiliario se reducía a una pesada mesa metálica, probablemente reciclada de otra administración, a tres espartanas sillas y a un sofá pegado a la ventana.

La doctora Cruz era una profesional respetada. Desde que había ingresado en las fuerzas de seguridad como simple número de la Guardia Civil, su trayectoria abundaba en ejemplos de superación. En una de sus primeras misiones fue capturada por una banda de delincuentes, retenida en una caseta de labranza, violada y abandonada bajo una intensa nevada, en pleno invierno, en un lugar inhóspito de la sierra de Guadarrama. Desorientada y sin fuerzas, permaneció a la intemperie dos días con sus noches. Conseguiría sobrevivir. Poco después, supo que se había quedado embarazada. Se negó a abortar y tuvo el niño. La madre de Lorena, una mujer mayor, viuda, cayó en una crisis nerviosa y acabó desarrollando un síndrome depresivo. Su hija tuvo que ingresarla en un psiquiátrico. La decisión de Lorena de estudiar Derecho y Psiquiatría fue una respuesta a su sucesión de dramas personales y al careo al que tuvo que enfrentarse con uno de sus violadores (¿el padre de su hijo, tal vez?) cuando este fue detenido, juzgado y condenado por diversos delitos poco después de nacer el niño.

Años más tarde, la doctora Cruz opositó con éxito a una plaza de psicóloga de la Policía Nacional. Como resultado de sus extremas experiencias, cabría esperar que se hubiera convertido en un ser de compleja sociabilidad. Lejos de ello, difícilmente se encontraría en el Cuerpo a alguien con mejor humor y disposición. Diagnósticos de estrés, prevención de conflictos y tratamiento de traumas relacionados con el uso de armas de fuego la mantenían muy ocupada. En su práctica diaria, sin embargo, consultas tan excepcionales como la que acababa de formularle la inspectora De Santo eran menos frecuentes.

—Insisto en que el autor de esta carta me resulta a priori poco fiable —subrayó la psicóloga—. ¿Qué recuerdas de él, Martina?

—Lo que el propio Arrúa cuenta, más o menos. La playa de Cádiz, el chiringuito, la pandilla...

—¿Y esa vez que te cogió la mano en un cine? —preguntó Lorena uniendo las suyas hasta hacer crujir los huesos de las falanges.

Martina confirmó la veracidad del episodio y la doctora extrajo conclusiones:

—De modo que no fueron imaginaciones suyas. No sé hasta qué punto te fijarías en él, pero todo apunta a que Pedro Arrúa se colgó por ti, y de un modo obsesivo. En su frágil universo adolescente, aquel muchacho, llevado por el deseo, creó un mundo de ilusión alrededor de tu imagen idealizada. Por encima de sus comentarios y afirmaciones, ese sería el argumento para conceder verosimilitud a su carta.

—No acabo de comprenderlo, Lorena.

El tono de la psicóloga adquirió un barniz humorístico.

—Pedro Arrúa te ha hecho llegar una declaración de amor, Martina. Y el amor, incluso el de un perturbado, siempre tiene algo de auténtico.

—¿Debo sentirme halagada?

Lorena bromeó:

—Otras lo estarían.

Martina le siguió la chanza:

—Últimamente mis relaciones afectivas han dejado bastante que desear, pero todavía no estoy tan desesperada.

—Seguramente, él sí lo está —sonrió Lorena, pero Martina se dio cuenta de que hablaba más en serio—. Arrúa puede sentirse angustiado, desesperado o ambas cosas a la vez, pero no dejes de tener en cuenta que en toda confesión amorosa largamente reprimida, en toda liberación sentimental o erótica late un poso de autenticidad, nacido de la hondura del ser.

—¿Un sentimiento lo bastante fuerte como para inspirar una acción dañina?

—Depende. ¿Qué tipo de acción?

—Un crimen, pongamos.

Lorena se retiró hacia atrás su melena, entreverada de canas que ya no se molestaba en teñir. Era corpulenta, con un rostro carnoso animado por un par de ojos risueños que conservaban el brillo de la juventud. Se calzó unos quevedos, haciendo descansar el puente en la punta de la nariz, y volvió a leer con rapidez algunas líneas de la carta.

—¿Quieres mi opinión profesional?

—A eso he venido.

—Muy bien, te la daré. Moviéndome en la superficie del texto de Arrúa, creo que su propósito estriba en despertar tu interés y en reclamar tu ayuda no tanto para investigar las misteriosas muertes de sus socios como para prevenir la suya. Esto es, para que le protejas a él.

—¿Por qué confía tanto en mí?

—¡Buena pregunta! Él te otorga y reconoce ciegamente esa capacidad, ese poder. ¿Por tu inteligencia, por tu capacidad para resolver casos difíciles? Probablemente. Para garantizar su seguridad, no le basta un guardaespaldas, como ya parece haber contratado. Necesita alguien con un sexto sentido, capaz de conjurar la amenaza que le roba el sueño. Arrúa está preso de un misterio y ha pensado en ti para resolverlo.

Lorena hizo un paréntesis para releer la última cuartilla, donde estas afirmaciones se evidenciaban párrafo a párrafo, y prosiguió razonando:

—Arrúa da por hecho que puede ser asesinado, pero ni él mismo ni la policía ecuatoriana intuyen por qué ni por quién. ¿Cuál es la razón por la que quieren matarle? ¿Y el móvil por el que han asesinado a sus socios? En su mensaje de socorro, pues su misiva lo es, Arrúa no reconoce enemigos. No menciona competidores, adversarios, traidores, ni se considera culpable de nada. Su grito de angustia se eleva como el de un inocente en un desierto de injusticia, mientras la amenaza del mal crece a su alrededor como una tormenta de arena. Si Arrúa tiene miedo, incluso pánico, se debe a su creencia de que su muerte ha sido sentenciada y de que ese decreto ha entrado en período de ejecución. Por eso huyó de las fuerzas invisibles. Por eso te llama en su defensa.

Martina cruzó las piernas. Necesitaba imperiosamente fumar. Murmuró:

—Siente pavor y reclama la protección de una mujer. No es un comportamiento muy masculino, que digamos.

—No, no lo es —coincidió Lorena—. ¿Quieres que sigamos descendiendo al oscuro pozo de su mente? Muy bien, Martina, bajaremos juntas hasta el subconsciente de Pedro Arrúa, a ver qué encontramos. Tan solo el reflejo de anteponer su propia seguridad al esclarecimiento de los presuntos crímenes de sus socios ya revela un acusado egocentrismo narcisista.

La inspectora ironizó:

—Defecto común a la mayoría de mis ex novios.

Lorena le devolvió la sonrisa.

—No solo de los tuyos. A la estabilidad emocional de mujeres como nosotras les convendrían hombres solidarios y tiernos, pero tendemos a atraer a los del polo opuesto. Autoritarios,ególatras... Arrúa puede tener un poco de todo eso. Aunque, en primer término, es un hombre enamorado.

—¿De mí?

—¿De quién, si no? Sí, de ti.

—¿Estás segura?

—Lo estoy.

—Sus sentimientos son enfermizos.

—No le subestimes, Martina. La carta arranca con una declaración de amor y, simultáneamente, expresa el temor de no merecer tu reciprocidad, de no poder sublimar sus sueños ni materializar su ideal. Su amor es verdadero, no me cabe duda. En cuanto a él... Me atrevería a asegurar que Arrúa es un individuo inmaduro con problemas de afectividad e inadaptación familiar y social. Cambia de vida, de país, pero siempre está solo... Hay rasgos inquietantes en su personalidad. Su referencia al «útero de la infancia» y al «núbil desarrollo» de las adolescentes podría ocultar una reprimida inclinación homosexual, un complejo de inferioridad y dependencia de origen familiar, derivado de la inacción de un padre débil y del tutelaje de una madre excesivamente autoritaria o dictatorial.

—¿Un tímido patológico?

—Pero en modo alguno primario. Su caligrafía, que deberías consultar al grafólogo, no es nada común. Con respecto a la expresión literaria, se percibe dominio de las estructuras gramaticales. Detrás de la redacción hay un gusto cultivado por una práctica frecuente de la escritura y por abundantes lecturas.

Martina sacó un paquete de cigarrillos, pero un gesto de Lorena le indicó que debía abstenerse.

—Además de a la mía, no le conviene a tu salud.

—Gracias por el consejo, doctora. Por cierto, ¿cuándo has dejado de fumar?

—En este consultorio, hace años.

Ambas se miraron con tácita complicidad. Martina apuntó en otra dirección:

—Desde el punto de vista ético, ¿qué te sugiere la carta?

La doctora repuso con cautela:

—En el terreno moral, sus fronteras se perciben borrosas, sin que el bien y el mal se diferencien con claridad. Para afinar más tendría que examinar personalmente a tu admirador de Belice, pero supongo que eso no va a ser posible... Teniendo en cuenta su obcecada voluntad, su desarrollada y sutil inteligencia y la falta de empatía con la realidad, yo diría que Pedro Arrúa está más cerca de este último.

—¿Del mal?

—Y de una violencia latente que nada me extrañaría hubiera dirigido en alguna ocasión contra sí mismo.

—¿Autolesionándose?

—Atormentándose, al menos. Y tal vez, sí, causándose lesiones.

—¿En qué te basas?

Lorena señaló un párrafo concreto.

—En los pasajes marcadamente fetichistas y en esos «tesoros» relacionados contigo, que Arrúa afirma guardar con celo.

—Pero no los describe.

—Por eso mismo podrían ser tanto de índole espiritual como material.

—Explícate.

—Podría tratarse de recuerdos, de objetos...

—¿Objetos de tortura?

La psicóloga rompió a reír.

—¿Estás pensando en cepos y látigos?

Martina no contestó, abstraída con alguna otra idea. Lorena recuperó la seriedad.

—En la carta de Arrúa late una tensión que apunta a un temperamento atormentado. Tú sabes mejor que nadie, Martina, que la violencia o el maltrato psíquico es a menudo peor y más difícil de extirpar que las tendencias a comportarse agresivamente. Ese hombre se está atormentando contigo. Sufre por ti y, a la vez, obtiene placer con el sufrimiento.

A Martina no debió gustarle lo que estaba oyendo porque cambió de plano.

—Y respecto al relato en sí, ¿cuál sería tu opinión?

—¿Esa historia de cerbatanas y cabezas jíbaras, de expediciones por el Amazonas y asesinatos en la ciudad de Quito...? Desde el punto de vista de la psiquiatría clásica, una superestructura así estaría plagada de mitos y símbolos, pero como crónica de episodios reales me parece demasiado alucinante como para que no sea verdad.

—Lo es —subrayó Martina—. Es real.

—¿Todo?

—Sí.

—¿Punto por punto?

—Hasta la última coma.

Lorena jugueteó con su paquete de cigarrillos, como si tuviera intención de encender uno.

—Lo que más me preocupa no son las comas, Martina, sino el punto final de esta historia. No sé si quiere ponerlo él o acabarás poniéndolo tú. El caso es que es Arrúa quien tiene la pluma en la mano, o la sartén por el mango. Y que, como te decía al principio, yo no me fiaría de él.

—¿No decías que sus sentimientos son auténticos?

—Pero no la manera de expresarlos. Esa carta es un cebo, Martina, una trampa de doble fondo.

La doctora la miró profundamente a los ojos y pronosticó:

—Y lo peor de todo es que tú estás deseando caer en ella.

38

Era la una y media de la tarde cuando Martina salió de la brigada.

Había decidido seguir el consejo de Lorena Cruz respecto a la conveniencia de solicitar un peritaje caligráfico y dejó encargado a la agente Barrios que le consiguiera una entrevista urgente con alguno de los grafólogos que colaboraban con la policía.

El cerebro de la inspectora se había puesto a funcionar. Necesitaba oxigenarlo con un largo paseo para ordenar sus ideas y caminó a paso ligero hasta la Gran Vía.

Para reponer calorías —«las justas», se impuso—, entró a un restaurante vegetariano de Callao. Aplacó su estómago con una ensalada de crudos y un filete de berenjena, sustitutivo de la carne. Estaba saboreando el postre, una evanescente *mousse* de frambuesa, cuando recibió una llamada de Paquita confirmándole la cita con el grafólogo. Anotó mentalmente el nombre y la dirección. El perito la recibiría a las cuatro y media.

Tomó café y pagó la cuenta, que no le pareció nada económica. A las cuatro y cuarto detuvo un taxi para que la llevara al despacho de José Longás, que así se llamaba el calígrafo. La grafología, según acababa de explicarle por teléfono Paquita, era para Longás una segunda actividad. El grueso de sus ingresos procedía de la gestoría que regentaba en la calle Diego de León, hacia la que se dirigía la inspectora.

A las cuatro y media en punto, Longás recibió a Martina con suma amabilidad en su despacho de dirección. Arrimó una silla a su escritorio, bastante lujoso, con figuritas de plata, un cuadro de Viola irradiando mundos de fuego y una vitrina en la que se exhibían documentos medievales y libros antiguos, y la invitó a sentarse frente a él.

Longás aparentaba tener unos sesenta años. Su pelo era gris y del conjunto de su persona emanaba un aire educado y clásico. Llevaba un traje de espiga, una corbata roja de lana con doble nudo, un chaleco burdeos con botones de hueso y unos zapatos con borlas, tan brillantes como si los acabara de estrenar.

—No tenía el gusto de conocerla en persona, inspectora De Santo, pero he oído hablar mucho y muy bien de usted. ¿En qué puedo ayudarla?

Acostumbrada a sentir sobre sus hombros el peso de la realidad, Martina sufrió una sensación muy poco frecuente, insólita en ella: de vacío, como si las tenazas de su razón, desorientadas por una sucesión de espejismos, se hubiesen cerrado, en lugar de sobre los conceptos que deseaban atrapar, en un espacio en blanco de su mente.

Un adjetivo definía a la perfección aquel caso en el que estaba envuelta, pero que se escurría entre sus dedos como un puñado de sal: evanescente. Tan ligero y diluido, tan inasequible y adictivo como la *mousse* de frambuesa que acababa de tomar de postre en el restaurante vegetariano.

Martina se había sentado con el maletín en sus rodillas. Lo abrió y tendió unos folios a Longás.

—Quería solicitar su escrutinio sobre un documento. Este.

Al primer vistazo, el perito observó:

—Son copias.

—Así es.

—¿Y el original?

La inspectora guardó silencio. Longás objetó:

—El hecho de que no pueda manejarlo restará valor a cualquier análisis.

—Lo supongo.

Martina sacó su ordenador personal, lo colocó en la mesa con la pantalla hacia su interlocutor y abrió el archivo con las fotos de la carta de Arrúa.

—¿El papel original era exactamente de este color anaranjado? —preguntó Longás.

—Sí.

—Y la tinta, ¿exactamente de este color rojo?

Martina volvió a afirmar. Los ojos pardos del grafólogo brillaron con la expectativa de un poderoso estímulo.

—Supongo que si solo me ha traído fotos y copias es por alguna causa de fuerza mayor. —La inspectora mantuvo su mutismo—. No insistiré, entonces. ¿En qué podría resultarle útil mi peritaje?

—En todo aquello que nos oriente sobre la personalidad del remitente.

—¿Un perfil psicológico derivado de su escritura? Perfecto, lo enfocaremos hacia un estudio de carácter. ¿Le apetece un café, inspectora?

—Acabo de tomar uno, pero me vendría muy bien otro.

—¿Cómo le gusta? ¿Solo, cortado, con leche, descafeinado, solo, con o sin leche, con o sin azúcar?

Longás sonreía bonachonamente con las manos enlazadas. Martina le devolvió la sonrisa.

—Solo, con hielo y azúcar. ¿Puedo fumar?

—Si lo desea...

Ella le dio las gracias y encendió un cigarrillo. El grafólogo se calzó unas gafas con gruesos cristales y leyó la carta de Arrúa, lo que le llevó un buen rato.

Al concluir, sustituyó los lentes por una lupa similar a las que utilizan los joyeros y se aplicó a examinar la letra. Era metódico y eso agradó a la inspectora. Martina creía con firmeza en el método como herramienta básica, aunque en la resolución de cualquier caso complejo no bastase la simple aplicación de sistemas deductivos, por sofisticados que fuesen. A menudo, se necesitaba un soplo de inspiración.

Longás despejó su mesa, procediendo a apartar informes y libros contables. Dejó el ordenador de Martina a la vista, extendió ante sí los folios que reproducían las cuartillas de Arrúa y se inclinó sobre ellos, aplicando la lupa a los trazos que en mayor medida iban despertando su interés. Su concentración era tal que, al sonar de improviso el teléfono, dio un respingo. Descolgó el auricular, pero solo para decirle a su secretaria que no le molestaran mientras la inspectora De Santo permaneciese en su despacho, y volvió a abstraerse en el estudio del texto.

Espigándolas de distintas carillas, eligió algunas vocales y consonantes y las fue marcando con un punto de lápiz. Las midió con una regla y anotó sus proporciones. A continuación, trazó una raya horizontal debajo de una de las líneas del primer párrafo, sacó del cajón de su escritorio un transportador de ángulos y, como un marino armado con un sextante, fue calculando la inclinación de los signos y anotando los grados y centímetros de las letras mayúsculas, así como de una selección de vocales y consonantes.

Hecho esto, Longás procedió a consultar un par de manuales de grafología aplicada, el segundo de los cuales, al alimón con otro especialista, era de su puño y letra, pues reflejaba su autoría en la cubierta. Lo consultó en silencio mientras la inspectora sorbía su café, oyéndose como rumor de fondo un murmullo de voces procedentes de la contigua gestoría, donde una docena de administrativos se afanaban en su diario quehacer.

Finalmente, el calígrafo opinó:

—Interesante.

La réplica de Martina denotó cierta impaciencia.

—Si no lo fuera, no me habría tomado la molestia de venir a verle.

Ese comentario no agradó al perito. Su gesto se agrió y al dirigirse de nuevo a la inspectora, con una mirada que ya no pertenecía a la de su más rendido admirador, su tono fue algo más distante:

—No le haré perder el tiempo, no se preocupe. ¿Por dónde quiere que empiece? ¿Por la estilográfica que se ha utilizado?

—¿Puede saber el modelo?

Longás sostuvo con seguridad:

—Una Montblanc Meisterstück de punta fina, fabricada hacia 1990.

—¿Lo ha deducido del trazo? —preguntó la inspectora, consciente de haber sido brusca con él y esforzándose por mostrarse más amable.

—Lo infiero de la presión y fluido del plumín, de oro de dieciocho quilates. También la tinta es de buena calidad. Y asimismo es muy aplicado el escribiente. En la tercera hoja, el autor cargó el depósito de la estilográfica, pero tuvo cuidado de evitar un borrón y detuvo la escritura alzando la mano. ¿Sabe qué es lo que podemos deducir de eso, inspectora?

—Muy sencillo. Que el autor está acostumbrado a trabajar con pluma.

—Correcto —asintió el experto.

—¿Y qué me dice del papel original? ¿Puede adivinar su procedencia?

Longás fijó su mirada en el ordenador y fue pasando las fotos y aumentando el tamaño de algunas para distinguir claramente hasta el más mínimo trazo de la letra de Arrúa.

—Sin el original delante me resulta difícil extraer conclusiones definitivas, pero me arriesgaré a darle una opinión lo más perfilada posible. Por el empastado y las barbas, me atrevería a afirmar que el papel se ha fabricado en la India, a base de pasta de arroz y tintura de cochinilla. Aunque no resulta barato, esta clase de papel es de uso común en todo Oriente.

—¿Y en el Caribe?

—Sobre todo, en las colonias británicas, Antigua, Barbados...

—¿Y en Belice?

—Sí, supongo que también en Belice. En cualquier caso, existe una contradicción mecánica o funcional entre el empleo de materiales de escritura y su forma de uso. Siendo nobles las herramientas, la pluma, el papel, la letra es plebeya.

—¿Y eso a qué respondería?

—Al principio teórico de que toda norma grafológica es trasladable a la personalidad humana. En este caso, la disfunción que observo podría responder a un manierismo formal, a una manía o a un tic, pero yo me inclinaría por atribuirla a una perturbación psicológica.

El grafólogo tomó una de las páginas y la fue bordeando con el canto de su lápiz, protegido con una goma.

—Fíjese bien en los elementos determinantes, inspectora. En la ausencia casi total de márgenes, por un lado. Y, por otro, en el tipo de letra, inclinado o, para expresarme con mayor propiedad y utilizar un término puramente grafológico, «invertido» hacia la izquierda.

No había apenas márgenes, era cierto. En torcidas y apretadas hileras, la letra de Arrúa abarcaba la plana entera del papel. Algunas palabras aparecían mutiladas en sus sílabas finales.

—La práctica ocupación de la página suele responder a un carácter de tipo compulsivo —prosiguió argumentando Longás—. A alguien dispuesto a aprovechar al límite, en la actividad que sea, todas las posibilidades para dejar al contrario sin capacidad de maniobra. Me estoy refiriendo a un sujeto con iniciativa y agresividad a partes iguales.

El especialista volvió a ponerse las gafas, tras cuyos gruesos cristales sus ojos cambiaron de forma, redondeándose un tanto monstruosamente.

—¿Ha reparado, inspectora, en que en ningún momento, en ningún pasaje de la carta el remitente le pide que le conteste?

—Me había fijado, sí —coincidió Martina—. ¿A qué cree que se debe?

—A que no espera respuesta. En el fondo, prescinde olímpicamente de lo que pueda pensar usted. Arrúa parece un hombre educado, cortés, pero no lo es. Le impele a aceptar sus condiciones y a desplazarse a su terreno para ponerse bajo su mando y ayudarle a solucionar sus problemas. En una lectura subliminal, podría llegar a afirmarse que se expresa en modo imperativo, disfrazando sus órdenes de deseos o esperanzas. Pero son mandatos.

—¿De alguien intransigente, despótico?

El grafólogo se pasó una mano por la frente y su voz se espació como una mano palpando la resbaladiza pared de una cueva en busca de una salida.

—En este punto, precisamente, arranca lo tenebroso de su caligrafía. Al analizarla como expresión escrita, las contradicciones que observábamos al principio estallan en puntos de fuga. No es ya que los trazos caligráficos del sujeto Arrúa se desvíen del eje, sino que, debido a su acusado grado de inclinación, próximo a un ángulo de cuarenta y cinco grados, tendríamos que hablar de una letra «tumbada». ¿Había visto antes alguna caligrafía parecida, inspectora?

—Nunca. ¿Pertenece a un diestro?

—A un zurdo. No es nada corriente. Quienes utilizan este tipo de letra tumbada suelen padecer serios problemas de comunicación y adaptación social. Son esquivos, huraños. Desconfían de los demás, incluyendo a los miembros de sus propias familias. Si no obtienen con facilidad, sin oposición, sus propósitos, culpan caprichosamente a terceros o generan un rencor susceptible de explotar por cualquier lado, cuando menos se espere... ¿Mis opiniones no están resultando de su interés, señora De Santo?

Longás acababa de reclamar no sin motivo la atención de Martina porque la detective parecía haberse ausentado del despacho. Miraba fijamente, con expresión vacía, los colores del Viola colgado en la pared, sobre la cabeza de Longás, y sostenía un cigarrillo entre los dedos, sometiéndolo a un maniático movimiento rotatorio. El educado reproche del perito la retornó a la realidad.

—Lo siento, señor Longás.

—No tiene importancia. ¿En qué estaba pensando?

—En demasiadas cosas a la vez.

—¿Por ejemplo?

—En que no hay firma al pie de la carta.

—Tiene razón. También ese factor es inusual.

—¿A qué se debe? ¿A un olvido, tal vez?

El calígrafo desechó esa posibilidad.

—En la correspondencia personal, íntima, la ausencia de rúbrica puede explicarse, de modo excepcional, mediante un despiste, pero es mucho más frecuente que responda al propósito de ocultar deliberadamente el principal rasgo de identidad caligráfica.

—¿La firma? —adivinó Martina.

—En efecto. Sin ella, se nos priva de toda una rica gama de rasgos psicológicos.

La detective guardó silencio. El grafólogo prosiguió:

—Esta es la clásica carta que, dada su trascendencia, se lee y relee antes de meterla en un sobre y enviarla al correo. Que se pasa a limpio, incluso. Pero repare en que, siendo correcta, culta, incluso, su construcción gramatical, y subordinadas muchas de sus oraciones, lo que implica serias dificultades de estilo para evitar la redundancia o la prolijidad, no hay un solo tachón. Ni una falta de ortografía, ni siquiera una simple tilde. No hubo errores al redactar, siendo un texto elaborado. Arrúa no corrigió una coma, no vaciló al escribir. No «pensó» mientras manejaba la pluma, si entiende lo que pretendo expresar.

—¿Copió la carta a partir de un borrador, es eso lo que quiere decirme?

El perito se rascó la barbilla y se quedó mirando a Martina con un aire que la inspectora juzgó de inseguridad.

—Parece usted desconcertado, señor Longás.

—Lo estoy, inspectora, se lo confieso. Hay algo que se me escapa.

—¿Qué?

—No lo sé... Es como si el remitente se ocultase tras una máscara. ¿Conoce usted a algún actor, Martina?

—Sí, pero no veo la relación...

—Intentaré ser más explícito. Imagine que otra persona ha suplantado a alguien que en el pasado la conoció a usted, aunque fuese superficialmente. Alguien que pretende hacerse pasar por un amigo o un conocido suyo. Para hacer verosímil su suplantación, reforzará su falso papel del modo más convincente posible. Incluirá datos personales, recuerdos comunes... Desde ese punto de vista, la carta de Pedro Arrúa se convertiría, para mí, que soy aficionado al teatro, en una especie de libreto...

—¿Un guión?

—Un argumento —redundó el grafólogo, aunque seguía dudando—. Pero solo una mente esquizoide...

Ahora fue Martina quien dudó.

—¿Cree que Arrúa es un esquizofrénico con un cerebro bipolar?

—Al menos, inspectora, lo creo capaz de escindirse en seres contrapuestos: el fuerte y el débil, el hombre y el niño...

—¿El diablo y el ángel?

El grafólogo se quedó mirando la pantalla de su ordenador, con la imagen de una de las páginas de la carta de Belice. Se preguntó en voz alta:

—¿Letra invertida, tinta roja, papel del color del fuego...? Si el demonio supiera escribir, no otro sería su estilo. ¡Lleve cuidado, Martina, mucho cuidado! No sé en qué se está metiendo ni con lo que se puede encontrar, pero yo, en su lugar, estaría muy alerta.

La inspectora le dio las gracias y abandonó la gestoría.

39

Martina caminó un rato por la calle Diego de León. Iba completamente abstraída. En lugar de coger un taxi o el metro, decidió continuar andando, y pensando, hasta la comisaría.

En el rato que le costó llegar, recibió tres llamadas telefónicas.

La primera, que contestó sin dejar de caminar, fue de Práxedes Gutiérrez. El agente de Estupefacientes tenía más información sobre el accidente sufrido en la selva por el general Eufemiano Huerta.

—Ni el motivo ni el destino de aquel vuelo están nada claros, inspectora —le dijo Práxedes. Le hablaba desde Cali, en Colombia.

—¿No era un viaje oficial?

Práxedes le aseguró que, según los servicios secretos y la DEA, la agencia norteamericana antidroga, que habían investigado a Huerta como sospechoso de narcotráfico, su postrer y fatal desplazamiento en helicóptero sobre la frontera de Ecuador con Perú no había obedecido a una misión de carácter militar. El aparato siniestrado no pertenecía a las fuerzas aéreas, sino que era una aeronave particular alquilada de manera privada por Eufemiano Huerta. El piloto que iba a los mandos, llamado José Flores, comandante de aviación y hombre de la máxima confianza de Huerta, operaba en aquel vuelo como piloto comercial. Al caer el helicóptero a la selva, explotar e incendiarse con el impacto, José Flores sufrió graves quemaduras en el cuerpo y en la cara, por lo que había solicitado la baja de su unidad. Eufemiano Huerta había muerto al instante. En Quito había dejado mujer y un hijo, llamado Samuel.

Minutos después, cuando estaba cruzando la plaza de Colón, Martina recibió una nueva llamada.

Esta vez se trataba del inspector Antonio Castillo.

Desde Cádiz, el inspector confirmó a Martina que la juventud de Pedro Arrúa se había visto salpicada por distintos actos delictivos. Había traficado con hachís a pequeña escala y recibido por ello condenas menores. En cuanto al crimen de una mujer con la que se le había relacionado, el episodio ya no podía ser más ambiguo. La víctima había sido una prostituta del Puerto de Santa María y el autor de su muerte un chapero vinculado a Arrúa por oscuros lazos. El asesino acusó a Arrúa de complicidad en el crimen, pero no pudo probarse.

Castillo comentó:

—Testigos de los bajos fondos que habían conocido a Arrúa me aseguran que era un homosexual con tendencias sadomasoquistas, sin relaciones de pareja conocidas, adicto a las drogas y con contactos en los clanes sudamericanos que operaban en el estrecho de Gibraltar.

Martina preguntó:

—¿Regresó alguna vez a Cádiz después de emigrar a Ecuador?

—No hay constancia de ello.

La inspectora dio las gracias a su colega y continuó caminando por La Castellana. Antes de llegar a comisaría, su móvil repicó con una tercera llamada.

Era de Carlos Duma. Martina no contestó.

Esa noche, escribió en su cuaderno: «El amor es como un ladrón que acecha en la oscuridad. Cuando el dueño de la casa está durmiendo, entra por la chimenea de la razón y merodea por las habitaciones del alma, pintando de sentimientos sus paredes de piedra. Con el tiempo, esa pintura se desluce, agrieta, descascarilla, cuartea y desaparece. Queda la piedra. Solo la piedra.»

40

El viernes, 8 de diciembre, Martina se levantó a las seis de la mañana. Pero, en lugar de ponerse su ropa deportiva y sus zapatillas de tenis para practicar su acostumbrada media hora de *jogging* por las calles del viejo Madrid, cogió un taxi a la estación de Atocha y subió a un tren con destino a Cádiz.

Había dormido extrañamente bien. Estaba despejada y empleó las tres horas del trayecto en pasar a limpio sus notas sobre el caso de las cabezas jíbaras y en hablar de nuevo por teléfono con Práxedes Gutiérrez. En el tren también recibió una llamada de Horacio Muñoz.

El incansable Práxedes le dijo, en resumen, que había contactado con el delegado comercial de la embajada española en Ecuador, un tal Felipe Urales, quien la llamaría con información sobre las actividades empresariales de Pedro Arrúa en la ciudad de Quito.

En respuesta a otra pregunta que la inspectora le había formulado la tarde anterior, Práxedes le informó que, tras la muerte de su padre, el hijo del general Huerta, Samuel, se había dedicado a navegar en el lujoso yate familiar, el *Orión*, desde donde dirigía «sus más bien oscuros negocios». Martina pidió a Práxedes que intentara hacerse con las rutas de esa embarcación a partir de la fecha de la muerte del general, ratificándole si en torno a ese barco se habían producido las siguientes circunstancias: ¿se hallaba el *Orión* en aguas ecuatorianas cuando se produjeron las desapariciones de Adán Campos y de Wilson Neiffer? ¿De manera reciente el *Orión* había cruzado el canal de Panamá y partido hacia el área del Caribe, hacia aguas beliceñas, en concreto?

En cuanto a Horacio Muñoz, no debía de haber parado en Zaragoza ni un instante, porque en muy poco tiempo había sido capaz de reunir abundante información sobre la familia Estrada.

El veterano policía aragonés le dijo por teléfono a Martina que a la muerte de Rafael Estrada, considerada como un funesto accidente de aviación por los expertos que analizaron el aparato siniestrado en el Moncayo, contra cuyas faldas se estrelló su avioneta por culpa de la niebla, las cosas no habían ido económicamente nada mal al Grupo Estrada. Más bien, al revés. El hecho de que la viuda de Rafael Estrada, Betania, hubiese tomado el mando, no había perjudicado a la compañía.

—No fue eso lo que me dijo Valentín, su hijastro —le contradijo Martina.

La respuesta de Horacio iba a sorprenderla radicalmente.

—¡Pero si ambos se llevan divinamente! Seguí a la viuda, como usted me indicó, y la vi tomando copas con él.

—¿Con Valentín?

—Ya lo creo. En restaurantes y bares del extrarradio. Se comportaban como buenos amigos. Él la besó al despedirse, antes de que ella subiera a su coche.

—¿Cómo la besó?

—Como si quisiera comérsela.

41

El tren que llevaba a la inspectora a Cádiz avanzó por las dehesas de Córdoba y más adelante por las salinas de San Fernando.

Sobre las once de la mañana, Cádiz recibió a la inspectora con una mañana de luz purísima y la bahía tan tranquila que el mar parecía haberse solidificado en una sábana azul extendida entre las puntas de Rota y el castillo de San Sebastián. Más allá de los abrigos naturales, sin embargo, mar adentro, Atlántico abierto, el horizonte advertía con espumas blancas de una próxima marejada.

Desde la estación, la detective fue caminando al centro de la ciudad.

Su tía Dalia le abrió la puerta en el número 7 de la calle Ancha, pero se la quedó mirando como si no reconociera en su sobrina a la mujer alta y delgada, vestida con una chaqueta de piel y un pantalón negro de pana, que acababa de llamar a su puerta.

Dalia llevaba una simple bata de estar por casa y zapatillas de fieltro. El cabello suelto y ya casi blanco le caía descuidado sobre los hombros. Estaba extremadamente delgada y en su mirada latía una expresión desconfiada y débil, muy distinta a la que Martina recordaba la última vez que la había visto, durante el entierro del tío Alberto. Realmente, Dalia era otra mujer. Se había transformado en una anciana.

Y tampoco la casa seguía siendo la misma. Comenzando por sus dimensiones, que ya no resultaron a Martina tan enormes como amplificadas desde sus recuerdos de la infancia. Con su planta cuadrada alrededor del patio y sus anchos corredores llenos de plantas, la casa gaditana de los De Santo seguía siendo, eso sí, bastante más grande que cualquier vivienda moderna de las que en Cádiz se construían más allá de las Puertas de Tierra. Pero sin la vital presencia del tío Alberto, las habitaciones parecían vacías.

Dalia contaba con la ayuda de otra mujer, Jesusa, que se ocupaba de las tareas domésticas. Jesusa había sido advertida por la dueña de la casa de que una visita venía a comer y estaba en la cocina muy atareada, preparando una piriñaca a base de verduras troceadas y los canelones de pescado que, cuando estaba en condiciones de cocinar, habían sido la especialidad de Dalia.

Martina animó a su tía a dar un paseo y juntas recorrieron con lentitud la calle Ancha y la plaza de San Antonio. La inspectora, a quien Cádiz siempre dulcificaba, sacando lo mejor, lo más tierno de ella, quiso volver a ver la plaza de Mina, con sus dragos y sus bancos de azulejos, donde tantas veces había jugado de niña a la comba, al burro, a policías y ladrones, y comprado con sus amigas cucuruchos de palomitas, camarones y altramuces.

Al desembocar en su perímetro, Martina tuvo una visión de ella misma y de Pedro Arrúa, ambos con veinticinco años menos, conversando debajo de uno de los dragos, a la sombra de una calurosa tarde de verano, y volvió a ver la mirada de sal de Pedrito taladrando su piel, y volvió a ver sus labios tan cerca de los suyos que si no la besó en aquella ocasión fue porque el hijo del toldero no se atrevió a seducir a una señorita de la buena sociedad gaditana, con toldo propio en playa Victoria, abono en el Náutico y residencia en la calle Ancha.

Cerca de la plaza de Mina, viendo el mar desde La Alameda, Dalia recordó la muerte de su marido, Alberto, en el Estrecho y se echó a llorar desconsoladamente. Pero, aun llorándole, confundió su nombre. Era obvio que la enfermedad estaba colonizando con pavorosa velocidad su mente y trasladándola en un viaje de retorno a un tiempo sin regresión, a un limbo parecido a la primera infancia.

Por los empedrados de las calles gaditanas, Dalia caminaba con dificultad, encorvándose y apoyándose en el bastón y en el codo de Martina. De vez en cuando levantaba la cabeza, pero de inmediato la volvía a hundir entre los hombros. A ese paso tardaron en regresar a casa.

42

Comieron sentadas a las cabeceras de la gran mesa que tantas veces había presidido animadamente el tío Alberto, con los tapices flamencos de temas de caza, los candelabros de plata y las gruesas cortinas de terciopelo verde musgo observándolas como testigos tan silenciosos como ellas mismas, pues apenas hubo servido Jesusa el primer plato, Dalia se empozó en una ausencia que vació sus ojos de vida. La sopa de pescado resbalaba por su barbilla y no parecía oír los comentarios de su sobrina.

Después del café, la viuda se quedó dormida frente a la televisión. Martina, que tenía tiempo hasta las siete, hora en que partiría su tren a Madrid, se dedicó a hojear los viejos álbumes familiares, en cuyas fotografías afloraba buena parte de la historia de los De Santo.

Había fotos de la boda de Dalia y Alberto en la bellísima catedral gaditana, y también de los padres de Martina, Elisa y Máximo, que se habían casado en Toledo, con la novia embarazada de tres meses. Por esa razón, más la del pudor —y la inspectora sonrió al recordarlo—, habían explicado a sus próximos que Martina nació sietemesina.

El más reciente de los álbumes fotográficos se correspondía con los últimos años de la vida de Alberto de Santo. Estaba lleno de fotos de sus viajes tropicales, acompañado o no por su mujer, e incluía un reportaje de su expedición al Alto Marañón en compañía de Rafael Estrada.

En una de esas imágenes, Alberto, vestido con una camiseta y un vaquero cortado por las rodillas, estaba de pie, junto a Estrada, ante las chozas de una aldea indígena. Por el tocado de los nativos se adivinaba que eran jíbaros. Detrás de los expedicionarios posaba una algarabía de muchachas y niños semidesnudos. Al fijarse con mayor detenimiento en ese grupo, Martina se llevó una mano a la boca y sin darse cuenta se mordió el dorso. Bajo esa foto, Alberto había escrito con lápiz: «Rafael Estrada y yo con Betania y Ambuxo, hijos de Juan Gastón.»

Y todavía, unas páginas más allá del mismo álbum, le esperaba a Martina otra sorpresa. En una nueva fotografía se podía ver cómo Estrada y su tío compartían campamento en plena selva con otros cuatro hombres. Habían acampado a la ribera de un río y estaban sentados a una mesa con viandas y bebidas. Alberto de Santo había escrito como pie de foto: «Con los amigos de Pura Vida: Adán Campos, Wilson Neiffer, Jaime Durán y Pedro Arrúa.» Este último miraba a la cámara con tal intensidad que a Martina le pareció tenerlo delante. Del Pedrito adolescente quedaba su ardiente mirada de sal. El resto se había convertido en un varón de aspecto duro, huidizo, con las mejillas hundidas y entradas en el pelo.

Aprovechando que su tía seguía dormida, roncando con suavidad, Martina despegó esas fotos y se las metió en el bolsillo.

A las seis de la tarde, se despidió de Dalia y se encaminó a la estación para coger su tren.

Se pasó medio viaje de camino a la cantina, tomando

un café tras otro para afinar su mente, que trabajaba sin descanso, y atenuar las ganas de fumar. A cada taza de café caía una veladura. Empezaba a ver con más nitidez el caso, pero seguía siendo evanescente, como un estanque lleno de reflejos, cuya agua enfangada no permitiera divisar el fondo.

A las once de la noche, Martina entraba por una de las puertas de la madrileña plaza Mayor, y a las doce se metía en la cama. Pero, en parte por el exceso de café, en parte por las ideas y pensamientos que se arremolinaban en su mente, no pudo conciliar el sueño hasta bien entrada la madrugada.

En la oscuridad de su dormitorio, tumbada en su cama, pensaba en las fotos que había despegado del álbum de su tía Dalia. De vez en cuando, por completo insomne, encendía la luz de la mesita de noche para volver a mirarlas.

Betania, la joven que sonreía en la aldea del rey de los jíbaros, posando con su tío Alberto y con Estrada, era, antes de casarse con Rafael, una belleza indígena. Llevaba el peinado trenzado con gena, aros de madera en las orejas y un barato vestido de algodón bajo el que se marcaban orgullosamente sus pechos. En cambio, su hermano Ambuxo era bastante menos atractivo. Tenía la piel más oscura que ella y en absoluto parecía hijo de un blanco.

En cuanto a Pedro Arrúa, todo en él inspiraba desasosiego. Y algo así, en el duro, pero no insensible corazón de Martina, como un brote de piedad. Esa clase de conmiseración que la inspectora había sentido alguna vez hacia los hombres que llevaban la muerte consigo.

43

El sábado, 9 de diciembre, Martina se levantó muy tarde para ella, a eso de las ocho de la mañana.

Se estaba dando una ducha cuando sonó el timbre de la puerta. Era uno de sus agentes, con una carta para ella remitida a Comisaría. Martina le indicó que la dejara en el buzón.

La inspectora terminó de vestirse, bajó las escaleras, abrió el buzón, cogió las cartas sin mirarlas y se las metió en un bolsillo del chaquetón. Salió del portal, cruzó la plaza Mayor, rodeó el monumento ecuestre y tomó asiento, con el propósito de desayunar, en la cafetería Triana, un establecimiento tradicional con amplio reclamo popular gracias a especialidades como el ajoblanco y el *pescaíto* frito. Para los desayunos, recomendaban porras, tarta de manzana y chocolate con churros.

El ambiente era tranquilo. Faltaba un rato para que, a partir, más o menos, de las diez y media, los turistas tomasen la plaza casi tan masivamente como tres siglos atrás lo hicieron los madrileños que asistían a los autos de fe para celebrar como una fiesta el sacrificio de herejes en los cadalsos y hogueras de la Inquisición.

La luz de la mañana, fría y azul, con ribetes plomizos

orlando la capa de polución, se correspondía con aquel invierno seco, pero no caldeaba la carpa de la cafetería. Martina se arrimó a una de las estufas y pidió café y tarta de manzana.

Sabía por experiencia que el servicio del Triana se lo tomaba con calma. Mientras esperaba a que la sirvieran, ojeó por encima los dos periódicos —uno progresista; conservador, el otro— a que estaba suscrito aquel democrático establecimiento. No solía pasar de los titulares en las secciones de política y economía, pero leyó con atención la de sucesos.

Un cuarto de hora después, cuando su estómago, literalmente, rugía, pues no había cenado la noche anterior, llegó su desayuno.

La inspectora dio cuenta de una generosa ración de tarta de manzana, pero la sensación de hambre no desapareció. Se esforzó por resistir la tentación. Aunque ya no era tan joven, se había propuesto conservar la línea. Si quería seguir pesando poco más de cincuenta kilos y conservar la misma figura que tenía diez años atrás, debía renunciar a determinados caprichos.

Encendió un cigarrillo, pidió otro café y se dispuso a revisar su correo. No había abierto el buzón en varios días y la correspondencia se le había acumulado.

De la docena y media de sobres que había en el cajetín, rompió y tiró a una papelera los de propaganda —compañías telefónicas, guarderías de mascotas domésticas, ofertas de supermercados y entidades bancarias— y procedió a abrir las cartas de índole personal.

Al ver un sobre de color naranja, su corazón se puso a bombear. Los sellos de orquídeas no dejaban lugar a dudas sobre su procedencia: Ámbar Gris, Belice.

Martina cogió el sobre como si le quemara en la mano.

Al tacto, parecía contener materiales de distinta textura y grosor.

Como en la carta anterior, la que le habían robado en el Gran Hotel de Zaragoza, su banda adhesiva había sido reforzada con trozos de cinta celo. La inspectora tuvo la certeza de que esa precaución no había sido tomada tanto para asegurar el envío como para no dejar restos de saliva que posteriormente pudieran identificarse.

Rasgó el sobre por su parte inferior y volcó su contenido sobre la mesa del Triana... junto con la segunda taza de café, que el camarero se disponía a servirle. Parte del hirviente líquido se derramó sobre los papeles y el tazón se estrelló contra el suelo.

—¡Lo siento mucho, señorita! —se lamentó el mozo.

—No se preocupe. Ha sido culpa mía.

Gotas de café habían salpicado la única cuartilla que contenía el sobre, escrita por una sola cara con la misma tinta roja e idéntica letra tumbada.

El café derramado también había manchado el resto de los contenidos del envío postal: un billete aéreo Madrid-Londres-Belmopán para el día siguiente, 10 de diciembre, con escala en Heathrow; un pasaje náutico para la ruta marítima de Belice City a Ámbar Gris; un bono de la compañía Hertz para el alquiler de un vehículo en Belmopán y otro bono del hotel La estrella del sur, en Ámbar Gris, con la reserva de una habitación a nombre de Martina de Santo.

La segunda carta de Pedro Arrúa, sin firma ni fecha, era mucho más breve que la primera y decía así:

Querida Martina:

Ayer recibí el dardo jíbaro.

Alguien entró en mi casa de Coral Reef y lo dejó en el escritorio, junto a mi recado de escribir.

No lo he tocado. Tampoco he denunciado el hecho. Por miedo.

Sobre mí se alza la misma mano que acabó con Adán Campos y con Wilson Neiffer. La idea de que vayan a secuestrarme, torturarme, decapitarme y reducir mi cabeza al tamaño de una bombilla me produce un horror sobrenatural.

Todo el día he vomitado sin parar, con náuseas, enfermo de terror, viendo ante mí los ojos verdes de la muerte.

¿Se puede eludir el destino? Presiento la hora final y tiemblo al pensar que no llegues a tiempo para salvarme.

¡Por lo que más quieras, Martina, coge ese avión!

Te lo pido como un último favor, y estoy dispuesto a recompensarte. En este mundo o en el otro, y aunque solo sea con uno de esos helados de tres sabores, chocolate, fresa y vainilla, que tanto te gustaban, sabré premiar tu ayuda y tu generosidad.

Siempre te querré. Quizá sea eso lo único que los malditos jíbaros no puedan arrebatarme.

44

El 10 diciembre, a las cuatro de la tarde, con una pequeña maleta que no requería facturación, y con los billetes que Pedro Arrúa le había enviado, Martina se presentó en el aeropuerto de Barajas para tomar un vuelo de Iberia con destino a Londres.

En el mostrador de información le advirtieron que iba a sufrir un pequeño retraso debido a «problemas de tráfico aéreo». No era al cien por cien seguro que pudiera aterrizar en las pistas de Heathrow a tiempo para enlazar con la línea de British Airways que cubría la travesía Londres-Belmopán, pero la inspectora decidió arriesgarse. En una oficina de cambio de moneda permutó mil euros en dólares, pagando una abusiva comisión, y pasó el control de la aduana.

Apenas lo había hecho, sonó su móvil.

—¡Buenas tardes en España, inspectora! ¡Y muy hermosos y buenos días desde Quito!

Quien así le hablaba con voz argentina, como de xilofón, y a un océano de distancia, era el anunciado contacto del agente Práxedes Gutiérrez.

Él mismo se presentó:

—Felipe Urales, agregado comercial de la embajada española en Ecuador. Para servirla, inspectora.

Martina le preguntó si era ecuatoriano.

—¿Por qué lo supone?

—Por su acento.

—Canario —desveló él.

«E incontinente», pensó ella porque Urales se había lanzado a glosar con entusiasmo las bellezas de Lanzarote, su isla natal. Martina se disponía a apremiarle, pues acababan de llamar a los pasajeros a su puerta de embarque, cuando el diplomático pareció centrarse en el motivo de su llamada.

—No vaya a pensar que he estado cruzado de brazos desde que recibí su recado de parte de Práxedes Gutiérrez, señora De Santo...

—No lo había pensado ni por un instante, señor Urales.

—Nada más colgar con Práxedes, me puse a la faena. Indagué sobre el hombre al que usted persigue, Pedro Arrúa...

—Todavía no tengo claro si debo perseguirle o es él quien me persigue a mí.

—Desde luego, inspectora, disculpe. No pretendía entrometerme en su trabajo. Es usted quien lleva la investigación. Adoro las novelas policíacas y a veces me creo un poco detective... El caso es que curioseando un poco por aquí y por allá, en el Consorcio de Empresas Exportadoras, en un par de notarías, he reunido algo de información...

—Le felicito por su eficacia, señor Urales.

—Soy yo quien le felicito por sus casos, inspectora. Los he leído todos, sin perderme uno. No tienen parangón. Si acaso, podrían compararse con los de aquel detective belga bajito y con bigote...

—¡No diga disparates!

El agregado comercial siguió extendiéndose en sus halagos, algo que solía incomodar a la investigadora. Lo más educadamente que supo, Martina le interrumpió para rogarle que evacuase sus datos.

—Con sumo gusto, doña Martina. ¡Ocasiones tendremos de hablar de Lanzarote, de España y de tantas otras cosas que nos unen a pesar del océano que nos separa! Pero iré al grano.

—Nada le agradecería más, agregado.

—Allá voy, inspectora. Pura Vida fue, en su origen, una sociedad unipersonal, limitada. Fundada, a mediados de los años noventa, por Adán Campos, hijo de campesinos serranos del norte de Ecuador. Modestísimo muchacho. Había empezado como camarero, pero realizó un curso de cocina y se le ocurrió abrir en Quito un restaurancito de estilo francés. Contra todo pronóstico, triunfó. A raíz de su primer éxito, se lanzó a montar una cadena de restaurantes en Lima, São Paulo, Buenos Aires y otras ciudades. Más adelante, vino la crisis y quebró. Sus deudas con proveedores y entidades bancarias eran demasiado elevadas para hacerles frente en solitario. Lo habría perdido todo de no haberse asociado con tres hombres de negocios con los que tenía relación, pues operaban, como él, en el campo turístico y hotelero: el también ecuatoriano Wilson Neiffer y los españoles Jaime Durán y Pedro Arrúa.

—Vamos con este último —apremió Martina, situándose en la cola, frente a la puerta de embarque.

—Que es por quien usted se interesa, no lo olvido —asintió el agregado—. Cuando se asoció con Campos y Neiffer, Pedro Arrúa llevaba bastantes años residiendo en Ecuador, país al que había emigrado en busca de fortuna. Regentaba una empresa de toldos y carpas para toda clase de eventos. Hábil inversor, llegó a acumular numerosas propiedades, entre pisos, locales y haciendas. En la sociedad quiteña, tan suya, era poco lo que se sabía de él. Arrúa no hacía vida con los españoles ni participaba en actividades sociales. Los negocios ocupaban todo su tiempo.

—¿Sabe algo de su vida privada?

—Se casó dos veces. Su primera esposa, Natividad de la Roca, hija de una buenísima aunque arruinada familia, murió de un accidente urbano, al saltarse un semáforo cuando circulaba por la capital. Las malas lenguas sostuvieron qué conducía esnifada de coca. Pasados apenas un par de años, Arrúa volvería a casarse con una modelo más joven que él. La unión no prosperó y se divorciaron hace poco.

—¿Ha tenido hijos?

—Que se sepa, no.

—¿Algún problema con la ley? ¿Tráfico de drogas?

—Tampoco.

—Además de en el turístico, ¿Arrúa invirtió en otros sectores?

—Inmobiliario, sobre todo.

—En todos estos años, ¿ha regresado a España?

—No sabría decirle.

—¿Cómo reaccionó frente a las muertes de sus socios?

—¿Muertes, dice usted, Martina? ¡Fueron homicidios, minuciosamente planeados y ejecutados con inhumana crueldad! Esas cabezas jíbaras... El asunto aún colea en Quito. Se habla de mafias, conspiraciones... Tras haber perdido en muy poco tiempo a sus socios, Campos y Neiffer, Arrúa vendió sus bienes y abandonó Ecuador con rumbo desconocido. Ha desaparecido, literalmente.

Martina matizó:

—Puede que literal, pero no literariamente.

—¿Por qué lo dice? ¿Sabe dónde está?

—El correo, al menos, lo franquea desde Belice.

—¿Belice? Ese país es un paraíso fiscal. ¿Arrúa ha evadido capitales? ¿Quiere que lo compruebe?

—Hágalo —le animó la detective.

La fila de pasajeros se había ido reduciendo. Martina estaba a punto de alcanzar el mostrador. Mientras buscaba el pasaporte, sostuvo el auricular con el hombro porque la voz melódica de Urales seguía reclamando su atención.

—Una cosa más, inspectora... He intercambiado opiniones con empresarios y abogados que conocieron a Arrúa, y a ninguno les ha extrañado su... fuga. Todos coinciden en que es un hombre extremadamente reservado y celoso de su vida privada. Poco amigo de asistir a fiestas y contrario a cualquier exhibición de riqueza o frivolidad...

—Abrevie, hágame el favor —le apuró Martina, entregando su documentación a una azafata.

—En sus frecuentes desplazamientos por las zonas más agrestes o selváticas del país, en busca de la apertura de nuevas rutas turísticas, Arrúa...

—Debe estar hablándome de otro de los socios —le cortó la investigadora—. Arrúa solo se encargaba de los aspectos financieros de Pura Vida.

—Mis informes no dicen eso, inspectora. Al contrario, Arrúa es todo un experto en turismo de aventura y en travesías fluviales por la cuenca amazónica. De hecho, era él quien estaba negociando ofertas para turistas de lujo con una compañía de barcos de vapor. A tal fin, colaboraba con los departamentos fronterizos con Perú y con diversas organizaciones no gubernamentales, algunas de ellas relacionadas con la mejora de las condiciones de vida de las comunidades indígenas.

—¿Qué comunidades? ¿Las poblaciones indígenas del Alto Marañón?

—Jíbaros, sí, en su mayoría.

—Envíeme un listado de esas organizaciones —pidió la inspectora, interesada.

—Disponga de mi humilde persona —se ofreció Urales, acompañándose con una risa que a Martina le pareció, efectivamente, muy canaria—. ¡Me aburro tanto en la embajada!

La detective le aconsejó:

—No debería hablar así, o nunca llegará a embajador.

—¡Es la verdad! Por una vez que tengo la oportunidad de participar en una investigación policial, no pienso desaprovecharla. De manera, inspectora, que ¡exprímame!

La detective colgó.

45

Desde el túnel de acceso a la aeronave, mientras esperaba la jardinera que la trasladaría al avión, Martina llamó a Carlos Duma.

El antropólogo no dejó sonar ni tres veces la señal. Debido a la tensión que había acumulado por el empecinado silencio de la que consideraba su novia, se puso a expresarse a gritos, incontroladamente. Muy alterado, le dijo que llevaba días intentando contactar con ella y que, al no conseguirlo, se había desesperado de impaciencia.

—¿Por qué me rechazas, Martina? ¿Qué te he hecho?

Ella le soltó sin ambages.

—Tu mujer te consolará.

—¿Mi...?

—No lo niegues, Duma.

—Yo nunca...

—¡No te atrevas a negarlo!

La garganta del antropólogo produjo un ruido sordo y seco, como si se hubiera tragado un hueso.

—Está bien, Martina. ¡No sabes cuánto lo siento! Soy un bellaco, lo sé...

Ella le corrigió.

—Nada de eso, Duma. Eres un hombre afortunado. Tu mujer debe de ser una santa.

—Te lo explicaré... ¡Aguarda!

La inspectora había colgado. Se introdujo en la jardinera junto con otro centenar de pasajeros, entró al avión y ocupó su asiento junto a la ventanilla.

Abrió su cuaderno y escribió: «Cuando el amor se va deja un hueco, un espacio. Nos habíamos acostumbrado a tocar, a compartir, y de pronto hay que seguir caminando en soledad y sin volver la vista atrás. Con menos confianza y vigor, convalecientes de algo que no sabemos nombrar.»

Para evitar pensar en Carlos, Martina empleó las dos horas y media de trayecto aéreo entre Madrid y Londres en poner en orden sus notas sobre Arrúa.

Una vez pasadas a limpio, abrió las páginas del monográfico sobre tribus amazónicas publicado por la Universidad de Quito, en el que se incluía un opúsculo dedicado a los jíbaros, escrito por Alberto de Santo.

Como ilustración, el editor había incluido una antigua foto suya, en blanco y negro, vestido de esmoquin. Martina se quedó mirando a su tío con ternura y cerró los ojos, evocándole.

De inmediato, en la frondosa selva de su imaginación, su imagen se fundió con la de Betania. Martina tenía que reconocer que esa mujer era una de las más bellas que había visto nunca. Lo era ya, humildemente vestida, en su aldea del Alto Marañón, y lo siguió siendo cuando, de la mano de su marido, Rafael Estrada, se convirtió en una mujer sofisticada y salvaje a la vez...

Pero ¿qué habría sido de Ambuxo, el hijo varón del rey de los jíbaros?

Martina sacó del maletín la foto en la que Ambuxo aparecía con su hermana en la aldea y lo radiografió con la mirada. Debía tener unos dieciocho años. Era muy fuerte, con abultados bíceps bajo la camisa, facciones tenebrosas y un tronco erguido. Llevaba el pelo largo, negrísimo, sujeto con una cinta. En sus rasgos predominaba la raza jíbara, pero sus ojos eran verdosos, con una luz transparente y vívida.

«Llenos de rencor», pensó Martina.

46

Aterrizaron en Heathrow con una hora y cuarto de retraso.

El margen de tiempo del que Martina disponía para su enlace con Belmopán era tan justo que, más que darse prisa, tuvo que lanzarse a la carrera por las atestadas salas del principal aeropuerto londinense.

Cambió de terminal y corrió a la puerta de embarque. El vehículo aeroportuario que iba a transportar al pasaje hasta el Boeing en el que cruzarían el Atlántico debió esperarla unos minutos.

Arrúa le había reservado un pasaje en primera clase. «Puede que sea un fantasma, pero un espíritu generoso, en cualquier caso», pensó Martina, dejándose caer en su cómodo asiento, en la parte delantera del avión. Una azafata le mostró las posibilidades ergonómicas de su butaca. A partir de ese momento, Martina iba a disfrutar de toda clase de atenciones por parte del personal de vuelo.

Despegaron al anochecer. En cuanto Londres hubo desaparecido bajo un cúmulo de nubes, la inspectora se sumergió en la lectura del ensayo de Alberto de Santo sobre los indios shuar. Abarcaba una treintena de páginas, con ilustraciones sobre la vida cotidiana de los amazónicos.

Su tío había destinado los primeros párrafos a situar al lector. Históricamente, los jíbaros, guerreros por naturaleza, feroces hasta un inverosímil extremo, habían ocupado un territorio selvático, de unos cien mil kilómetros cuadrados, situado entre las actuales fronteras de Ecuador y Perú. La colonización española nunca logró doblegar ni integrar a este pueblo indómito.

Nuestros conquistadores los habían denominado jíbaros como adaptación al castellano de una de sus etnias, la tribu shiwiar.

Los jíbaros se dividían en cuatro grandes familias: achuar, aguaruna, huambisa y shuar, más algunos otros pequeños clanes, con poblaciones mucho más reducidas. Todas esas tribus carecían de escritura, pero compartían una misma lengua, con diferencias dialectales. Lo mismo sucedía con sus ritos, creencias y usos, derivados de un tronco común, pero con peculiaridades y características locales.

Su principal actividad era la guerra.

Para los jíbaros, la lucha armada y el derramamiento de sangre encarnaban un culto, una liturgia tan potente y adictiva como el consumo de su hierba mágica, la ayahuasca. Tal era su dependencia de la actividad bélica que, cuando no estaban en guerra contra los españoles invasores u otros pueblos vecinos, esgrimían cualquier rencilla para provocar conflictos artificiales entre sus propios clanes.

Alberto había estimado que la población jíbara, en su época de mayor expansión, coincidente con la primera fase de la conquista española, había ascendido a varios millones de individuos. En la actualidad, no alcanzaban los doscientos cincuenta mil.

Las comunidades indígenas achuar y huambisa seguían siendo las más atrasadas. El pueblo shuar, en cambio, propiamente los antiguos cazadores y reductores de cabezas, se había acercado a las fronteras de la civilización e intentaba sobrevivir dedicándose a tareas agrícolas en los límites de la selva.

En cuanto a sus dioses, eran seres incorpóreos, visibles tan solo a los ojos de los chamanes.

En la expedición que realizó junto con Rafael Estrada en pos de la sombra de Juan Gastón, el enigmático rey de los jíbaros, Alberto de Santo había tenido la oportunidad de mantener encuentros con chamanes del Alto Marañón.

Los oniromantes le aseguraron que eran capaces de comunicarse con los muertos citándose con ellos en el espacio del sueño. Alberto les preguntó si los difuntos hablaban y los hechiceros le respondieron que las almas del más allá se quejaban de frío y de hambre, por lo que aconsejaban ofrendarles chicha de mandioca, abandonando la comida sobre sus tumbas y huyendo aprisa, antes de que bajasen a buscarla.

Las almas muertas se lamentaban, sobre todo, de su horrible soledad. Los chamanes advirtieron a De Santo y a sus compañeros de expedición que los espectros no eran bondadosos ni inofensivos, sino muy desgraciados, al recordar lo felices que habían sido en la selva, cuando estaban vivos. En las regiones del más allá, colmados de odio y desesperación, pretendían arrastrar a los vivos hasta el oscuro lugar donde se encontraban, para obligarles a sufrir idénticos padecimientos.

Una azafata interrumpió la lectura de Martina para servirle la cena. La inspectora apenas probó el contenido de la bandeja, consistente en ensalada de patatas y berros, salmón y pastel de cerezas. Se tomó la botellita de vino argentino y pidió un whisky doble de malta, sin hielo.

Casi nunca podía dormir en los aviones pero, gracias al whisky y a un suave tranquilizante, logró conciliar el sueño.

Cuando despertó, estaban sobrevolando el Caribe.

47

La primera sensación que tuvo Martina al descender por la escalerilla y pisar tierra firme en el aeropuerto de Belmopán fue una bofetada de aire cálido que la dejó tan aturdida como si la hubiesen empujado de golpe a una sauna.

Estaban a treinta y cinco grados. La diferencia de la temperatura exterior con respecto al aire acondicionado del Boeing anuló momentáneamente su voluntad, comunicando a su cerebro lentas y perezosas sensaciones de bienestar, promesas de molicie y paseos por playas desiertas, reconfortantes masajes y baños en aguas turquesas...

Pedro Arrúa, su todavía invisible, aunque eficaz anfitrión, se había ocupado asimismo de resolver la cuestión de su transporte terrestre. El bono de la agencia Hertz que había enviado a Martina en su segunda carta valía por el alquiler de un coche durante su estancia en Belice.

En la aduana, con caribeña parsimonia, y ante la vigilancia de soldados armados con ametralladoras, un funcionario de inmigración procedió a estampar el pasaporte de la inspectora con un visado de entrada casi tan barroco como los sellos postales del país.

La oficina de Hertz quedaba a la salida, junto a una tienda de *souvenirs* donde podían comprarse piezas de tela y reproducciones de los ajuares mayas.

Detrás del mostrador atendía un joven de tez broncínea. Llevaba una camisa azul de manga corta con el anagrama corporativo y su nombre bordados a la altura de la tetilla izquierda y un pantalón de tergal que parecía heredado de otro empleado más grande y grueso que él.

Con la misma premiosidad que el aduanero, comprobó que el bono de reserva figuraba a nombre de la clienta que acababa de entrar, Martina de Santo, y le pidió su carnet de conducir.

Una vez verificado, le entregó las llaves de un Honda Civic aparcado fuera. Martina lo distinguió enseguida entre la fila de coches de alquiler porque su llamativa carrocería color berenjena refulgía al sol.

—¿Pago ahora o al devolver el vehículo? —consultó.

—Ya está abonado —aseguró el representante de Hertz, tras leer una nota en el cuaderno de reservas, junto al nombre de Martina—. No tiene que preocuparse de nada —insistió—. Nuestra agencia está a su entera disposición. Puede alquilar un vehículo en cualquier momento, hasta que finalice su estancia, con solo mostrar la documentación que voy a facilitarle.

El empleado miró a Martina con más intención. Sabía que era apuesto y añadió con tono meloso:

—También la póliza aseguradora de su carro ha sido cubierta por adelantado. Usted tan solo deberá hacerse cargo del combustible. Si pide un recibo al aprovisionador, se le abonará a la entrega del coche.

Aunque Martina imaginaba la respuesta, inquirió:

—¿Sería tan amable de decirme quién ha pagado todo esto?

El empleado cambió el libro de reservas por el de albaranes, se humedeció el pulgar con la punta de la lengua y pasó la yema del dedo por las matrices, hasta encontrar la correspondiente al Civic.

—Un caballero llamado Pedro Arrúa.

—¿Cuándo abonó, en qué fecha?

—Hace diez días.

El joven añadió con picardía:

—Una de dos, o las dos: o es hombre muy previsor, o tenía urgencia en verla. Por cierto, me dejó una carpeta para usted. La encontrará en la guantera del Civic.

—Muchas gracias, Jonás. ¿Qué hago con el coche cuando llegue a Belice City?

—Puede entregarlo en nuestra oficina, en la avenida principal.

Jonás dejó resbalar la mirada por la silueta de su clienta. Pese a que el largo vuelo había abotagado su rostro, y unas ojeras se perfilaban bajo sus ojos grises, la detective estaba muy favorecida con una americana de lino crudo y un top. Al empleado de Hertz debió gustarle lo que veía, y más aún lo que imaginaba, porque sonrió abiertamente con sus níveos dientes.

—¿Ha hecho la ruta de Belice City?

—Conduciendo, nunca. ¿Cuánto se tarda?

—Entre dos horas y media y tres, dependiendo de la prisa que tenga y de los riesgos que esté dispuesta a correr.

—¿Qué tipo de riesgos?

—El firme no está en buen estado y... Yo que usted, no me detendría a admirar el paisaje.

—¿Por qué?

—La delincuencia está por todas partes, como los narcos... Cargue el tanque a la salida del aeropuerto y no necesitará parar. ¿Dispone de alojamiento en Belice City?

—No me hará falta. Tengo que seguir hasta Ámbar Gris.

—¿Va a los cayos? ¡Eso sí que son vacaciones! No deje de bucear en el Blue Hole. Podrá ver tiburones. Son mansitos, no tema. Los amaestramos para los turistas.

Le deseó buen viaje. Martina estaba a punto de salir de la oficina cuando se giró desde la puerta.

—Una última cosa, Jonás.

—Usted dirá.

—¿Puedo ver su firma? Pedro no se defiende demasiado bien con la escritura y, aunque yo, que soy maestra, le estoy ayudando...

—Por supuesto —consintió él.

Volvió a coger el albarán, buscó la matriz de la reserva del Civic y mostró la rúbrica a Martina.

Pedro Arrúa había firmado con una cruz.

48

Martina se dirigió al parking y se introdujo en el Honda Civic.

En la guantera encontró una carpeta con la confirmación de su reserva en el complejo hotelero La estrella del sur, en Ámbar Gris.

Había también un sobre cerrado de color naranja.

La inspectora lo abrió inmediatamente y una descarga nerviosa recorrió de arriba abajo su espina dorsal. Dentro del sobre solo había una fotografía. Nada más. Pero era de ella, una foto de la propia Martina. De ahí su reacción.

Al igual que la que Arrúa le había enviado en su primera carta, aquella foto había sido tomada en Cádiz. Al fondo, desdibujados por la calima, se recortaban dos inconfundibles iconos gaditanos: La Caleta y el castillo de San Sebastián.

En la imagen, Martina llevaba la melena con raya a un lado. Sus pechos se marcaban incipientes bajo un vestido rosa, tan tenue que parecía de gasa. Estaba sola en La Caleta. Su sonrisa y su gesto, saludando con los brazos en alto, expresaban una inocente alegría.

Durante unos minutos, la inspectora, rígida como una tabla en el asiento del conductor, permaneció con los ojos clavados en la fotografía. Una evidencia se le impuso con dolorosa claridad: su espacio personal estaba siendo violado por alguien que, obviamente, no le deseaba ningún bien. Una torva voluntad pretendía abusar, de forma tan inexplicable como perversa, de su adolescencia. Era como si alguien estuviese arrojando paletadas de fango contra sus más hermosos recuerdos y disfrutando con ello.

Guardó la foto y desplegó un mapa del país. Memorizó la ruta a seguir y puso en marcha el vehículo. Su motor diesel repuso con asedada obediencia.

Siguiendo los consejos de Jonás, se detuvo en la primera gasolinera para llenar el tanque. El depósito admitió cincuenta y cinco litros. Comparado con el alto precio de España, el combustible, al pagarlo en caja, le resultó barato.

Rodeó el aeropuerto y dejó atrás Belmopán sin haber visto de la capital otra cosa que barrios periféricos construidos sobre colinas tapizadas por una vegetación tan profusa que no se distinguía el color de la tierra.

Unos cuantos kilómetros después, las casas fueron sustituidas por rústicas construcciones, humildes ranchitos con huerto y una piara de cerdos o puntas de cornilargas vacas paciendo en edénica libertad.

Media hora más tarde, la huella humana había desaparecido y el bosque tropical se cerraba hasta sofocar la carretera. En algunos tramos, las ramas llegaban a unirse, tejiendo una verde bóveda sobre su cabeza.

A los ojos de Martina, la selva se revelaba como un paisaje agobiante, de una belleza silenciosa, misteriosa y húmeda. Palmeras y ceibas destacaban en altura sobre otras especies de árboles, disputándose su coronación. Una espinosa muralla de maleza ceñía sus troncos, entre cuyas ramas se avistaban fugaces sombras de monos, pájaros y otros animales que no se dejaban identificar fácilmente.

De vez en cuando, la espesura se abría para dejar paso a corrientes de agua turbia. En sus fangosas orillas, esbeltas aves picoteaban en busca de larvas. Se sucedían aldeas de tierra, chozas de palma con estores de sarga y mástiles para tender la ropa y las redes de pesca.

Como un imperio perdido, los restos de un antiguo emporio maya dejaron emerger entre las masas arbóreas su fantasmagórica arquitectura, derruidos palacios, truncadas pirámides, observatorios astronómicos en cuyas terrazas se hundían las raíces de los tamarindos.

Gustosamente Martina se habría detenido para admirar unas ruinas que hablaban de un tiempo de magia y poder, de la esencia de América, pero recordó el consejo de Jonás sobre la inseguridad de la ruta y decidió no exponerse a salir del coche.

Durante más de dos horas, la inspectora condujo sin descanso a una media de noventa kilómetros. A eso de las cuatro de la tarde, llegó a Belice City.

A primera vista, le pareció una ciudad bastante menos populosa que Belmopán.

Aparcó junto a un motel donde ningún viajero con un mínimo sentido de la higiene se habría alojado y comenzó a recorrer a pie la avenida principal.

Con su aire divertido y destartalado a la vez, las pintorescas calles de la capital costera ofrecían el aspecto de un decorado de película colonial.

Los porches de las casas, levantados con tablas pintadas de alegres colores, sostenían carteles en los que se leían reclamos como «Cambio de Moneda», «Hotel», «Casino»... sin que nada en sus atisbados interiores, ni los sucios vestíbulos, ni las polvorientas oficinas, ni mucho menos el siniestro vestíbulo de lo que parecía una comisaría, contribuyera a sostener su condición de establecimientos públicos.

Una foto del presidente del país, un hombre de mediana edad e inquietante aspecto, con unos ojos fieros que parecían amenazar al conjunto de su pueblo y, más concretamente, a todo aquel que atravesara su ángulo de visión, colgaba de la balconada de uno de los pocos edificios de piedra de la avenida. En su fachada podía leerse en letras de hierro galvanizado: *Government*.

Debajo de ese letrero, contra el barandal labrado con una primorosa labor de marquetería, se apoyaba un individuo con una camiseta de tirantes, y en bañador. Estaba fumando un puro y bebía una cerveza directamente de la lata. Sus músculos brillaban al sol como bañados en aceite de coco.

Al otro lado de la avenida, un policía igualmente fornido se escarbaba los dientes. Llevaba al cinto una cartuchera con una pistola como un trabuco de bandolero.

La inspectora siguió calle arriba. En los almacenes se vendían toda clase de enseres, pero Martina dudó que la menesterosa población beliceña pudiera pagar casi nada de todo aquello.

En los mercadillos, sin embargo, había más movimiento y vida. En torno a los tableros se arracimaban los campesinos, unos despachando ñames, otros adquiriendo pollos vivos o reses muertas.

Al extremo de la avenida abría otra oficina Hertz. Martina regresó a por el Civic, lo aparcó fuera, devolvió las llaves y se dirigió al puerto.

49

La lancha de Ámbar Gris se disponía a zarpar. Martina subió a bordo. Era una planeadora de borda baja, capaz para una docena de pasajeros. Tan solo subieron cuatro.

El piloto, un mulato de mirada achinada, acomodó a Martina en la popa, cerca de su asiento, mullido por un deshilvanado cojín.

La motora atravesó la barrera de coral e ingresó en aguas abiertas. El viento era suave y el mar estaba en relativa calma. Pero, a medida que se acercaban a la primera de las islas, se fue levantando un fuerte oleaje que encabrilló la quilla, haciéndola saltar con violencia sobre las olas.

El piloto redujo la velocidad y las atacó de frente. Bajo su experta mano atravesaron el arrecife que protegía el islote y accedieron a navegar por una mansa laguna de aguas transparentes.

Martina preguntó:

—¿Ámbar Gris?

—Todavía no, señorita —le repuso el piloto—. Estamos arribando a Cayo Caulkner.

Atracaron en un limoso embarcadero, al que saltó una

sola pasajera. Aquella isla era muy pequeña. El piloto comentó que apenas albergaba un centenar de cabañas.

—¿Quiénes las ocupan? —preguntó la inspectora—. ¿Extranjeros?

—En su mayoría. Gente pacífica, en busca de descanso y naturaleza. Sería difícil encontrar un lugar más tranquilo. Tan solo el personal de servicio es beliceño, como la mujer que acabamos de desembarcar.

Se alejaron de Cayo Caulkner con el motor a medio gas. En el brazo de océano que les separaba del resto del archipiélago se les cruzaron varias embarcaciones, veleros y yates.

El piloto se movió un poco hacia ella.

—Y a usted, señorita, ¿qué la trae por aquí?

Martina se quitó las gafas de sol. Sus ojos grises brillaron como monedas de plomo.

—No le mentiré. Un hombre.

El piloto sonrió. Llevaba un *piercing* en la lengua.

—Un hombre afortunado, añadiría yo.

Ella matizó:

—No sé si lo es, porque todavía no sé quién es.

—¿De verdad? ¡Vaya misterio! ¿Ni siquiera sabe cómo se llama?

—Pedro Arrúa. ¿Ha oído hablar de él?

A la detective le pareció que el piloto vacilaba. Insistió, elevando la voz sobre el motor:

—Arrúa. ¿Le suena?

—Puede —repuso él con vaguedad, concentrándose en la superficie del mar, que volvía a levantarse con olas de dos metros—. Sucede que ahora mismo no consigo recordar de qué.

—Tal vez su memoria se aclare a medida que nos vayamos acercando a Ámbar Gris. El señor Arrúa reside allí.

—No lo creo —negó el piloto, ahora con más firmeza—. He debido confundirme... Jamás había oído ese nombre.

—¡Si acaba de decirme justo lo contrario!

—Me equivoqué, ya le digo. No me distraiga, el mar se está poniendo bravo.

El viento racheaba contra el casco de la embarcación con ráfagas cada vez más violentas. Los pasajeros se protegieron con mantas para cubrirse de las salpicaduras.

Comenzaba a anochecer cuando la silueta de Ámbar Gris emergió como una ballena varada en mitad del océano.

El cayo tenía forma ahusada, sin elevaciones, con una longitud de unos treinta kilómetros. La línea de hoteles y casas estiraba sus coloridas fachadas y las palmeras se inclinaban hasta rozar el agua.

Debido al fuerte viento, tuvieron dificultades para embocar el puerto. A la vista del arrecife, las espumas se arremolinaron y la canoa cabeceó hasta escorarse a babor y embarcar agua. A uno de los pasajeros le entró el pánico. El piloto les pidió calma. Se estaba armando una tormenta, pero los dejaría a salvo en el puerto.

—Esta noche, el mar arderá como si le pegaran candela —pronosticó—. No se apuren, no nos ha llegado la hora de saludar al diablo. Cogeremos una corriente segura.

Media hora después, con dos palmos de agua en la sentina, atracaban en Ámbar Gris.

50

La inspectora saltó a tierra.

Zarandeada por el vendaval, recorrió un largo puente de tablas de madera y se acercó a un grupo de chóferes en espera de pasajeros. Algunos iban descalzos. Otro, con un pañuelo en la cabeza, le informó de que el hotel La estrella del sur quedaba en una punta de la isla.

Martina subió a su taxi, un Subaru con el sillón trasero con los muelles rotos y hundido casi a la altura de las ruedas.

A una exasperante velocidad, porque el tráfico era lento y grupos de turistas, a pesar de la amenaza de huracán, caminaban con aparente despreocupación por las calles de arena, fueron cruzando la capital, San Pedro, con sus casas de dos plantas y sus balcones decorados con primorosas labores de carpintería.

A la salida de San Pedro encontraron una carretera asfaltada. Siguiéndola, les costó un cuarto de hora llegar al hotel.

Una batería de focos alumbraba los muros de La estrella del sur, que parecían recién encalados, como brillaban de pintura nueva los marcos de sus ventanas. Un ondulado jardín con adelfas y yucas rodeaba el restaurante al aire libre, las pistas de pádel y una piscina en forma de lágrima.

En la recepción, una chica muy joven de tez negra confirmó a Martina su reserva. El propio señor Arrúa, efectivamente, la había dispuesto.

Un botones acompañó a la nueva huésped a su habitación. Era amplia y cómoda, realmente espléndida, con un enorme ventilador colgado del techo, mosquitera, muebles de cáñamo y esteras de coco. La playa estaba tan próxima que las olas parecían romper debajo del ventanal. El viento seguía rugiendo y arrancando quejidos al muro.

Martina deshizo la maleta, se dio una rápida ducha y bajó de nuevo a recepción.

—¿Todo a su gusto, señora?

—Todo perfecto. Por eso quisiera darle las gracias a mi anfitrión. Al señor Arrúa.

La recepcionista objetó:

—Me temo que no va a ser posible.

—¿Por qué? ¿Sigue de viaje?

—Eso creo.

—¿Todavía no ha vuelto de su excursión de pesca?

—Nosotros no le hemos visto.

—¿Cuándo fue la última vez que le vieron?

—Hará algunos días, no recuerdo.

—¿Su casa queda cerca de aquí?

—¿Coral Reef? En el extremo justo de la isla.

—¿A qué distancia?

—A unos cinco kilómetros.

—¿Cómo puedo ir?

—El camino es arenoso. Normalmente, el señor Arrúa va y viene a caballo. Usted puede coger un *boogie*. O caminar, claro.

—¿Qué tengo que hacer para alquilar un *boogie*?

—Teniendo en cuenta que es usted invitada personal del señor Arrúa, nada. Subirse a uno y encender el motor. Aquí tiene la llave de contacto.

51

Veinte minutos después, en medio de un viento huracanado y de las primeras y gruesas gotas de lluvia, Martina aparcaba su *boogie* frente a la mansión de Arrúa.

Coral Reef era un palacio, verdaderamente. Tan descomunal en sus volúmenes como de dudoso gusto arquitectónico, con dos inmensas columnas de mármol sosteniendo un pórtico y un jardín iluminado por estratégicos puntos de luz.

La verja estaba abierta. La puerta principal, en cambio, permanecía cerrada. Martina llamó al timbre. Nadie contestó. Había luces encendidas dentro de la casa, pero no se oía ningún ruido.

La inspectora dio la vuelta a la mansión. Las cocinas quedaban en la parte trasera. La puerta que daba acceso a ellas, a modo de entrada de servicio, estaba abierta.

Martina se coló. Nada más hacerlo, retrocedió bruscamente y desenfundó el arma.

Un cuerpo sin vida estaba tendido en el suelo. Martina se acercó y lo examinó sin dejar de observar el pasillo, temiendo que hubiera alguien oculto y que ese alguien representase un peligro para ella tan grave como lo había supuesto para aquel hombre muerto.

Era un varón de unos cincuenta años, de estatura pequeña y rasgos orientales, seguramente filipinos. Su pelo estaba engominado y vestía una guayabera amarilla sucia de sangre. Al cinto llevaba una cartuchera, pero le habían arrebatado el arma. Sin embargo, en el pecho lampiño destacaba una cruz de oro que quien le había disparado no se había molestado en arrancar.

Lo habían rematado a quemarropa. Podía llevar muerto veinticuatro horas, calculó la inspectora, tras comprobar que su piel estaba helada y ligeramente acartonada ya.

Pistola en mano, Martina avanzó por lo que parecía el pasillo principal de la planta baja.

Al pie de las escaleras había una segunda víctima. Una mujer, una sirvienta. Sus rasgos eran caribeños. Tenía el rostro hinchado a golpes y el mandil salpicado de sangre. Le habían disparado una sola vez, en el corazón.

En la casa no parecía haber nadie más. El silencio era tétrico. Solo se oía la lluvia repiqueteando contra los cristales.

No había rastro de Arrúa, pero Martina sabía muy bien dónde tenía que buscarle y fue abriendo puerta tras puerta, hasta dar con la biblioteca.

Era una estancia enorme, algo así como el santuario de un coleccionista. La humedad reinante hablaba de una muy esporádica ventilación. Sus vitrinas y estanterías estaban tan recargadas de objetos, y todo tan desordenado, a la vez, que comunicaba una sensación de agobio, como la trastienda de un anticuario.

Sobre las alfombras que cubrían hasta el último palmo había un pesado escritorio de caoba. En su superficie, entre tinteros de tinta roja y plumas Montblanc, entre sobres y papel de cartas de color naranja se disponían algunos ídolos de culturas precolombinas. Junto a esos fetiches,

Martina descubrió lo que quedaba de Pedro Arrúa: una cabeza jíbara del tamaño de un puño, con la piel ahumada y una cabellera negra y brillante como la de un muñeco diabólico.

Lo más espantoso no era el tamaño al que habían reducido su cabeza, poco mayor que la de una liebre, sino la expresión ciega de los ojos, cosidos con bramante, y la rugosa cualidad de la piel de nuez, encogida, arrugada, momificada, pero en la que, de manera inverosímil, seguía latiendo, existiendo algo de Pedrito Arrúa.

«Su alma», pensó Martina.

Con una mórbida sensación de vértigo, la inspectora cogió en sus manos la cabecita de Arrúa y la sostuvo frente a sí, escrutándola centímetro a centímetro, desde la raíz del cabello a la cuerda vegetal que la cerraba como una bolsa.

El tacto de la piel en las renegridas mejillas era cálido y asombrosamente suave. Más aún, pensó Martina, que la más delicada epidermis humana. De alguna forma, era como si comunicase una latencia, el pulso de una vida diferente, demoníaca y maldita.

De pronto, agobiada por la falta de ventilación, la humedad y el calor de la estancia, Martina experimentó una súbita debilidad. Temió desvanecerse, víctima de una bajada de tensión, y dejó la cabeza de Arrúa en el escritorio, en el lugar exacto donde estaba.

En el acto, se sintió mejor.

52

En un ángulo del escritorio descansaba una agenda encuadernada en piel.

Martina la abrió y buscó la fecha del día, 11 de diciembre. La hoja estaba en blanco, así como la de las jornadas anteriores.

Las últimas anotaciones correspondían al 3 de diciembre. Y solo había dos líneas. La primera, escrita con la misma letra tumbada que la inspectora había llegado a conocer mejor que la suya, decía: «Franqueo carta Martina.» La segunda, simplemente, «Orión».

La detective encendió una lámpara de pie para reforzar la precaria iluminación de la estancia y fue abriendo uno tras otro los cajones del escritorio. En el último, aparecieron dos objetos que le pusieron los pelos de punta: un abanico roto y una horquilla de estaño con tres violetas y la presilla oxidada. El padre de Martina amaba las violetas y siempre regalaba a su hija objetos decorados con esa flor. Asimismo, el estropeado abanico tenía una decorativa orla de violetas. Martina supuso que muchos años atrás habría perdido esos objetos en la playa y que su enamorado adolescente, Pedrito Arrúa, los habría recogido para conservarlos por retorcidas razones. «Guardo otros tesoros, recuerdos tuyos que me gustaría mostrarte», le había escrito. Ahora ya no podría enseñárselos.

Sin bajar el cañón de la pistola, la detective acabó de recorrer el resto de la primera planta y se dispuso a inspeccionar la segunda. Para subir a las alcobas tuvo que pasar de nuevo junto al cadáver de la mujer desplomada en el vestíbulo.

El dormitorio de Arrúa era enorme. Estaba acristalado a partir de un zócalo de piedra arenisca y tenía forma octogonal, como de torreón templario. Por una escalera de caracol se comunicaba con una buhardilla. Un telescopio apuntaba al mar. Había un mueble bar con bebidas de todas clases y una caja fuerte empotrada en la pared, cuya pesada hoja alguien había abierto para extraer de su interior aquello que contuviese. Y con seguridad lo habían hecho, pues nada había dentro del arcón de acero. Ni dinero, ni documentos, ni joyas... Nada.

Martina había empezado a bajar las escaleras cuando la sobresaltó un pitido. Era su móvil, que resonaba en toda la mansión.

—¿Inspectora?

El acento gallego de la agente Barrios la devolvió a la realidad.

—¿Paquita?

—Sí, inspectora, soy yo. ¿La pillo en buen momento?

Martina estuvo a punto de soltar el trapo.

—Teniendo en cuenta que estoy rodeada de cadáveres en una casa vacía y en una isla remota, no creo que sea el mejor momento... Pero podemos hablar.

Paquita le informó:

—Jaime Durán ha desaparecido de su casa de Madrid.

La mente de Martina pensó en muchas cosas a la vez.

—¿Hoy? —preguntó para ganar tiempo.

—Sí, y en esta ocasión parece que su desaparición va en serio. Su mujer...

—¿Tu amiga Bárbara Luna?

—La misma —asintió Paquita, sin sombra de sorna—. Esta vez ya no me pareció una señorita contemplada y mal educada, sino una afligida señora en trance de enviudar. Nos ha contado que anoche encontraron un dardo en el escritorio de su marido. Al descubrir la flecha, Durán, terriblemente alterado, salió al jardín para comprobar que no hubiera nadie, volvió a entrar a la casa, hizo algunas llamadas, se las arregló para reclutar un guarda de seguridad y se acostó muy inquieto. Esta mañana salió temprano de su casa en dirección a su oficina en el Paseo de la Castellana, pero no llegó. Es como si se lo hubiese tragado la tierra. Nadie sabe dónde está. También se han esfumado los humos de Bárbara. Teme que a su marido le corten la cabeza, como a sus socios, y que se la devuelvan convertida en una máscara de Halloween... ¿Inspectora? ¿Está usted ahí? ¡Inspectora!

Martina no contestaba y Paquita tuvo la impresión de que algo no iba bien. Fue consciente de que les separaba un océano y de que no podrían socorrer a su superiora en caso de que corriera algún peligro.

—¡Inspectora!

Pero Martina no podía seguir hablando. En el vestíbulo de la mansión de Arrúa dos hombres le estaban apuntando con un revólver. Supo que si hacía el menor movimiento, era mujer muerta.

—¡Tire el arma! —ordenó uno de ellos—. ¡Arrójese al suelo! ¡Obedezca o empezamos a disparar!

53

El hombre que la había amenazado se colocó tras ella y le clavó un arma en los riñones.

—¡Afuera, vamos!

Martina levantó los brazos y salió de la casa. Bajo la lluvia, varios hombres más la esperaban, todos armados. A uno de ellos acababan de llamarle con respeto jerárquico «capitán Córdoba».

Fue a él a quien Martina le dijo que era inspectora de la policía española. Córdoba se la quedó mirando con unos ojos pequeños, clavados como balas en su cara gruesa, y se limitó a reír un segundo antes de empujarla brutalmente contra la camioneta, ordenándole que no intentara nada y que permaneciera «bien quieta» hasta nueva orden.

Ella tomó aire e insistió en identificarse y explicar qué hacía allí cuando algo amenazante, oscuro, pasó por los ojos de Córdoba, y uno de sus brazos, pesado como una maza, impactó en su cuello. Acto seguido, le aplicó un rodillazo en el estómago que la dejó sin aliento, y todavía le lanzó un tercer mazazo en mitad del pecho, que acabó por cortarle la respiración. Finalmente, volvió a empujarla contra la camioneta, ordenándole que se quedara allí, de espaldas y con los brazos en cruz, «bien parada no más».

Un segundo vehículo derrapó ante la casa. De él bajaron otros tres hombres. Ninguno parecía policía, aunque debían serlo. Uno, al menos, estaba borracho. La presencia de una mujer indefensa en medio de la lluvia lo excitó aún más. Se acercó a Martina como a una presa, pero Córdoba lo agarró de la camisa y lo mandó a registrar la mansión. Poco después, además de los del guardaespaldas y de la mujer de servicio descubrieron un tercer cadáver. El de otro hombre, un jardinero.

El capitán se dirigió a Martina para preguntarle si había sido ella quien había acabado con los empleados de Coral Reef. La inspectora insistió en que le permitiese demostrar su identidad, pero Córdoba le preguntó por Pedro Arrúa, cuyo cuerpo decapitado acababa de aparecer en una de las playas de Ámbar Gris. Martina le aseguró que había viajado hasta Belice precisamente para protegerle, pues temía ser víctima de un ataque inminente.

El oficial no concedió el menor crédito a la versión de Martina. Ordenó que la esposaran y que la subieran a la camioneta.

Un par de agentes le obedecieron sin miramientos y procedieron a arrojar a la sospechosa como un fardo a la trasera de la Ford.

Humillada y terriblemente dolorida, Martina permaneció de rodillas en el remolque, bajo la incesante lluvia, apresadas las muñecas por pulseras de acero y sin otra expectativa que continuar a merced de aquellos policías beliceños que la habían condenado de antemano.

Media hora después, cuando hubieron terminado la inspección de Coral Reef, con Martina empapada de arriba abajo y temblando de frío, la camioneta se puso en marcha, seguida del otro coche y del *boogie*.

La lluvia no dejaba de caer en la oscuridad y el viento

soplaba cada vez con mayor intensidad, ululando como el aliento de un monstruo. A la luz de los faros, dando botes sobre su espalda, la inspectora podía ver las hojas de las palmeras agitándose como verdes látigos contra un cielo rasgado de relámpagos.

Con el brusco traqueteo, empezó a sentir un dolor interno que se agudizaba a cada movimiento. Un pinchazo en el pecho, a la altura del corazón. Se preguntó si tendría algún hueso roto. También le ardía la cara, de los golpes recibidos. Al pasarse la lengua por las encías, notó que se le movía un diente.

La furgoneta avanzaba con lentitud y dificultad por la arena embarrada, pero Martina pensó que sería muy distinto en cuanto llegasen al hotel. Una vez allí, cogerían la carretera asfaltada a San Pedro y no tardarían ni veinte minutos en atravesar la isla. La inspectora estaba segura de que la llevaban a alguna dependencia policial, para ser interrogada. Si no lograba explicar qué hacía en Coral Reef, lo iba a pasar mal. En absoluto era descartable que se propusieran acusarla formalmente de haber asesinado a los servidores de Coral Reef y al propio Arrúa. «Al fin y al cabo, me encontraron dentro de su casa con un arma en la mano.»

Un cuarto de hora, por tanto, era el tiempo de que disponía para urdir algún tipo de defensa, ya que fugarse le iba a resultar imposible. Desde el punto de vista de su seguridad, su situación solo podía empeorar. A partir del momento en que la bajasen de la furgoneta, quedaría a merced de Córdoba y sus hombres.

En ese instante, pasaron junto a una hilera de viejos postes telefónicos y una luz se encendió en la mente de Martina. Le habían arrebatado el arma y reducido, pero no se les había ocurrido cachearla. Su teléfono móvil seguía estando en el bolsillo de su pantalón vaquero.

Lo palpó, para asegurarse, y sí, ahí estaba. Con las manos esposadas era difícil cogerlo, pero, a pesar del dolor que le inundaba el pecho, como si la punta de un tizón le estuviese quemando por dentro, rodó sobre la superficie de la camioneta hasta encontrar la postura adecuada.

Tras forcejear consigo misma y casi despellejarse las muñecas, logró con las puntas de los dedos sacar el móvil del bolsillo. Justo en ese momento, cuando ya lo tenía, se le escurrió debido a un bandazo y fue rodando hasta el lado contrario del remolque. La inspectora reptó detrás, lo recuperó y lo protegió de la lluvia, cada vez más densa y tan arremolinada por el viento que provocaba un efecto casi sobrenatural, como si estuvieran en medio de una superficie líquida, en el seno de otro Caribe tempestuoso y ardiente.

Con el móvil pegado a la boca, Martina se recostó sobre un costado. Al hacerlo, un dolor tan insoportable como una cuchillada se le clavó en el plexo solar y notó en la boca el sabor de la sangre.

El borroso letrero de neón de La estrella del sur se cruzó en su mirada, cegada por el dolor y la lluvia. Como había previsto, la furgoneta dejó de dar tumbos para avanzar con mayor estabilidad por la carretera asfaltada a San Pedro.

La inspectora sujetó el móvil con ayuda de la clavícula y tanteó los dígitos hasta presionar la tecla de llamada. La pantalla se encendió obedeciendo su orden, pero unos pocos segundos después se apagó.

Procurando no perder los nervios, Martina volvió a encenderla, marcó su contraseña y aguardó con el corazón desbocado hasta que el reflejo verdoso iluminó los iconos. Pulsó de nuevo la tecla de llamada y contuvo la respiración.

Un pitido le indicó que la comunicación se había establecido. Su llamada sonó tres, cuatro, seis veces, hasta que, al décimo toque, la voz de la agente Barrios se escuchó con una nitidez realmente sorprendente para sonar al otro lado del mundo:

—¿Inspectora?

—Soy yo, Paquita. O lo que queda de mí.

—¿Qué le sucede? ¿Le ha pasado algo malo?

Martina le urgió:

—Escúchame con atención, Paquita, porque no podré volver a llamaros. Estoy detenida en Ámbar Gris. El capitán al mando se apellida Córdoba. No sé qué pretende hacer conmigo, pero seguramente nada bueno. Pero no es momento para hablar de mí. Alguien acaba de asesinar a Pedro Arrúa. Como a sus socios, lo han decapitado y han jibarizado su cabeza.

—¿Sabe quién lo ha hecho?

—Creo que sí. Quiero que grabes mis palabras como si fueran una declaración, y que, en cuanto termine de hablar, lleves la grabación al juez para que os autorice a efectuar un registro y a pinchar un teléfono.

Martina oyó un siseo, como si Paquita hablase con alguien en susurros. El leve chasquido de una clavija le indicó que se había conectado a la mesa de grabación.

La agente Barrios susurró, como si también ella estuviera rodeada de amenazas y peligros:

—Estoy lista, inspectora. Empiece a hablar cuando quiera.

54

A siete mil kilómetros, en medio de la soledad del Caribe, bajo un huracán, aterida por el frío y con los pulmones ardiendo con una insoportable quemazón, Martina cerró los ojos para concentrarse y expuso:

—El móvil de los crímenes de las cabezas jíbaras es la búsqueda del oro con que un corrupto general ecuatoriano, Eufemiano Huerta, pretendía huir de su país. Un verdadero tesoro en lingotes, procedente de los pagos del narcotráfico, que cayó a la selva con el helicóptero del general y que fue hallado en una zona inhóspita del Alto Marañón por un español, Juan Gastón, apodado el rey de los jíbaros. Gastón ocultó los lingotes y, al poco tiempo, murió.

»El hijo de Huerta, Samuel, y el piloto que transportaba al general a Perú, José Flores, se aliaron para recuperar el oro y regresaron en su búsqueda a la aldea del rey de los jíbaros. Averiguaron allí que el hijo mestizo de Gastón, Ambuxo, sabía dónde se ocultaban los lingotes. Antes de morir, su padre le había ordenado ocultarlos. Ambuxo accedió a compartir el botín con Huerta y con Flores a cambio de determinadas condiciones y de una cuarta parte.

—¿Por qué una cuarta parte? —objetó Paquita—. ¿Los cómplices no eran tres?

—Tenían un cuarto colaborador en España.

—¿Quién?

—Déjame continuar, Paquita —susurró la inspectora—, antes de revelarte su nombre. Cuando José Flores, Samuel Huerta y Ambuxo comprobaron que alguien se les había adelantado, rastrearon el territorio jíbaro y averiguaron que los socios de una compañía turística, Pura Vida, habían estado acampados por las inmediaciones. Pero ¿cuál de los cuatro socios de Pura Vida habría sido el ladrón del tesoro, Adán Campos, Wilson Neiffer, Jaime Durán o Pedro Arrúa?

»De regreso a Quito, Samuel Huerta y José Flores capturaron y torturaron al primero de ellos, al ecuatoriano Adán Campos. Al no obtener de él información sobre el oro, lo dejaron en manos de Ambuxo para que lo decapitara y redujese su cabeza a bordo del yate *Orión*, propiedad de la familia Huerta.

»Hicieron lo mismo con el segundo socio ecuatoriano de Pura Vida, Wilson Neiffer. El tercer socio, un español, Jaime Durán, iba a correr en Madrid idéntica suerte, pero salvó momentáneamente el pellejo gracias a delatar el paradero de Pedro Arrúa, que se ocultaba aquí, donde yo me encuentro ahora, en la isla de Ámbar Gris. La traicionera delación de Durán ha sido fatal para Arrúa. Sus asesinos acaban de encontrarle y han acabado con él, dejando su cabeza como recuerdo y registrando su mansión en busca del oro. Inútilmente, pues no estaba en su caja fuerte.

La agente Barrios dedujo:

—¡Por eso han ido de nuevo a por Durán! ¡Creen que les mintió y que es él quien tiene los lingotes!

—Exactamente, Paquita. Pero se equivocan otra vez.

—¿No me acaba de decir que Arrúa no tenía el oro? —se confundió la agente.

Martina iba a precisar su respuesta cuando un relámpago cayó a pocos metros de la furgoneta, cegándola. Durante unos segundos solo vio una mancha blanca, como una constelación.

—Yo no he dicho que Arrúa no tuviera el oro, Paquita, sino, simplemente, que no estaba en su caja fuerte.

—¿Y dónde están los lingotes, lo sabe usted? ¿Quién los tiene? ¿Durán?

—La clave de su escondite está en las cartas que Pedro Arrúa me escribió poco antes de morir. Y la clave para solucionar este caso reside en determinar quién sabía que Arrúa me había escrito esas cartas desde Ámbar Gris.

—¿Y quién es, inspectora? ¿Quién lo sabía?

La voz de Martina se debilitó de golpe, como se apaga la luz de una vela.

—Un amigo mío. Se llama Carlos Duma y es antropólogo. Anota su dirección y teléfono y pide al juez autorización para pinchárselo. Él os conducirá al lugar donde mantienen secuestrado a Jaime Durán.

Paquita guardó unos segundos de silencio y le preguntó:

—¿Cómo de amigo suyo es ese Carlos Duma?

Martina no pudo responder, aunque seguramente no lo habría hecho. La furgoneta acababa de detenerse. Sus puertas se abrieron y dos policías se dirigieron a la parte trasera para obligarla a bajar. Entre las ráfagas de lluvia, los faros alumbraban las letras pintadas en negro en la fachada de un sórdido edificio: *Police Department*. Fue la primera vez que aquel familiar sustantivo hizo estremecerse a la inspectora De Santo.

La voz de Paquita se tiñó de angustia.

—¡Inspectora! ¿Cómo podemos ayudarla?

—Enviadme la caballería —rogó Martina, un segundo antes de que el capitán Córdoba le arrebatase el móvil de un zarpazo.

Epílogo

El 17 de diciembre, Martina de Santo pudo al fin entrar a su casa, en la plaza Mayor de Madrid.

A su regreso de Belice, había permanecido tres eternos días en un hospital madrileño sometiéndose a pruebas médicas, hasta que le dieron el alta con un diagnóstico más bien leve, para el que podía haber recibido: hundimiento del esternón, dos costillas flotantes fracturadas por los golpes recibidos y una pieza dental dañada. Afortunadamente para la inspectora, los análisis descartaron lesiones internas.

Lo primero que hizo Martina al llegar a su apartamento fue servirse un whisky de malta y encender un cigarrillo en su llamada «celda de la meditación», esa habitación soleada, sin cortinas ni visillos, desnuda de todo mobiliario, desde donde podía controlar la plaza y, al mismo tiempo, abstraerse en sus pensamientos observando a la gente que la cruzaba de uno a otro soportal.

Al inspirar las primeras caladas de uno de sus fuertes Player's sin filtro, el pecho le dolió tanto como cuando estaba en el calabozo de Ámbar Gris, esperando a que Práxedes Gutiérrez —«la caballería»— fuese a rescatarla.

Muy contra su voluntad, apagó el cigarrillo. A los pocos minutos, vio desde la ventana a Horacio Muñoz dirigiéndose a la cafetería Triana, donde había quedado con él para comer algo ligero.

El día era perfecto, nada frío, con el cielo azul y un sol de invierno irradiando buenas sensaciones.

Martina cogió las llaves y bajó a la calle. Al pasar junto a su buzón le pareció increíble que únicamente hubiese transcurrido una semana desde que había recibido la segunda carta de Pedro Arrúa, y con ella la clave del lugar donde escondía el oro.

¡Chocolate, fresa y vainilla!

Sí, sonrió Martina, igual que la sorpresa en el roscón de Reyes, en el helado de corte de tres sabores se ocultaba la recompensa de aquel caso. Arrúa había avivado su pasión infantil por los helados para inducirle a adivinar en qué lugar de la isla de Ámbar Gris estaban los lingotes del general Huerta.

Una vez puesta en libertad por el capitán Córdoba, y mientras descansaba en su habitación de La estrella del sur, Martina sugirió a Práxedes Gutiérrez y al encargado de seguridad de la embajada española en Guatemala, que habían acudido a su rescate en un avión militar, que buscaran en las cámaras del frigorífico industrial del hotel de Arrúa. Y en su interior, efectivamente, tras una plancha de vidrio opaco que conformaba un falso hueco, y envueltos en tela y plásticos, aparecieron los lingotes, uno encima de otro, en forma de dorado zócalo. Las autoridades beliceñas procedieron a pesarlos y a estimar su valor al precio de mercado: diez millones de dólares. Una cantidad que, a buen seguro, habría endulzado el exilio del general Huerta, pero que había amargado la existencia de su hijo Samuel.

A partir de la localización del oro, los acontecimientos se habían precipitado.

Samuel Huerta y Ambuxo, tras secuestrar y asesinar a Arrúa en Ámbar Gris, navegaban a bordo del *Orión* hacia aguas españolas cuando, tras el aviso de la inspectora De Santo, fueron interceptados por una patrullera de la armada y trasladados al puerto de Cádiz. Allí, el inspector Castillo procedió a interrogarles, y con tal eficacia que obtuvo sendas confesiones de sus crímenes. Samuel Huerta y José Flores, el ex piloto militar, habían sido los autores de los secuestros de los empresarios de Pura Vida, y Ambuxo, el hijo del rey de los jíbaros, el autor de sus macabras *tzantzas*. Ambuxo llevaba a cabo las reducciones de cabezas a bordo del *Orión*. Los cuerpos de las víctimas eran arrojados al mar, para pasto de los peces.

En España, en el municipio de El Escorial, muy cerca de Madrid, fueron detenidos José Flores y Carlos Duma. En un local aparentemente sin uso mantenían retenido contra su voluntad al empresario Jaime Durán. Flores lo interrogaba a diario sobre el paradero de aquel oro soñado que parecía esfumarse ante sus ojos como un repetido espejismo.

Carlos Duma había sido captado e incorporado a la banda a cambio de la promesa de recibir una parte del botín. Fue él quien, dado su conocimiento del territorio y de los clanes jíbaros, había convencido a Ambuxo para que les revelara el lugar donde su padre, Juan Gastón, y él, habían escondido los lingotes del general Huerta. Pero, cuando se presentaron en el escondrijo, una cueva de las cascadas del Pongo, el botín había desaparecido.

Tras las primeras e infructuosas búsquedas, todo se volvió a complicar cuando José Flores, el piloto, interceptó en el despacho madrileño de Durán otra carta de Pedro Arrúa en la que este reconocía haberse puesto en contacto con una inspectora española, Martina de Santo. Las alarmas saltaron entre los cabecillas, pero Carlos Duma habló a sus cómplices de su relación con Martina y se ofreció a traicionarla y a robarle la carta de Arrúa. Por eso suspendió su viaje a Perú, para, con el pretexto de estar locamente enamorado de ella, presentarse en Asturias. José Flores y Duma siguieron a Martina en el Lexus de Flores, por la autovía de Santander. En Zaragoza lograron robarle la carta, pero no acertaron a desentrañar su clave.

Martina volvió a sonreír. ¡Chocolate, fresa y vainilla!

—Buenos días, inspectora —la saludó Horacio, al verla llegar a la cafetería—. Está usted muy guapa.

—¿Como puede decir semejante disparate, Horacio? ¿No ve que voy llena de hematomas?

—A pesar de eso, insisto: se la ve extraordinariamente atractiva.

Martina se echó a reír.

—¡Aún contradiciendo los hechos! Deberían nombrarle portavoz de la policía.

—Me conformo con ser cronista de sus casos, inspectora. Este de las cabezas jíbaras ha sido realmente extraordinario, algo fuera de lo común.

—No lo crea, Horacio. En el fondo, solo es una muestra más de la irrefrenable ambición humana, con el oro como símbolo de la codicia universal. Pero ha triunfado la justicia. Quienes perseguían los lingotes han terminado mal y esa riqueza será empleada por el Gobierno ecuatoriano en la rehabilitación de toxicómanos.

Horacio matizó:

—No todos han terminado mal, inspectora. El romance entre Valentín Estrada y Betania Gastón sigue viento en popa. Se les ve muy felices y ya no se ocultan. Todo el día están de fiesta, bailando y brindando con ese cava suyo cuya marca nunca consigo recordar...

—Objeto de Deseo. Le aseguro que es excelente.

—¡Vaya memoria tiene usted!

—Y eso que la buena memoria es el mejor antídoto contra la felicidad.

—¿Lo dice por Carlos Duma? No se amargue, Martina. ¡Ese hombre no valía la pena!

La valiera no, esa noche la inspectora escribió en su cuaderno:

«La traición amorosa tiene mucho que ver con la traición militar. Solo alguien en quien confías ciegamente puede destruirte. Por eso es preferible depositar nuestra confianza en quienes nada ambicionan, ni siquiera un favor, ni siquiera un beso. Aunque, en honor a la verdad, me gustaría recibir los besos más tristes esta noche...»

OTROS TÍTULOS
DEL MISMO AUTOR

CRÍMENES PARA UNA EXPOSICIÓN

JUAN BOLEA

Del pasado de la ambigua y sorprendente subinspectora Martina de Santo regresa un atractivo fantasma: Maurizio Amandi, pianista célebre por su talento, excesos y obsesión por la obra *Cuadros para una exposición*, del compositor ruso Modest Mussorgsky. La última gira de Amandi coincide con los asesinatos, en distintas ciudades, de una serie de anticuarios con los que él había mantenido contacto. Al reencontrarse con Martina de Santo, un nuevo crimen vuelve a señalar al pianista como sospechoso. A partir de ahí, la subinspectora deberá recurrir a sus facultades deductivas y a todo su valor para desvelar el misterio, desenmascarar al asesino y darle caza.

Con *Crímenes para una exposición*, Juan Bolea revalida su prestigio como uno de los grandes maestros contemporáneos de la novela de intriga. Su nombre, y el de su subinspectora, están ya intrínsecamente ligados a la nueva novela policíaca española y al futuro del género.

UN ASESINO IRRESISTIBLE

JUAN BOLEA

Martina de Santo, una de nuestras detectives más internacionales, ha sido ascendida al cargo de inspectora. Como tal, tendrá que investigar la extraña muerte de la baronesa Azucena de Láncaster, cuyo cadáver, abandonado en un prado, muestra señales de haber sido atacado por un animal salvaje.

Al hilo de la investigación, Martina se introducirá en un mundo en extinción: el cerrado y excéntrico universo de la aristocracia española. En medio de una creciente tensión, asistiremos, a la luz de la ambición, el deseo y el crimen, a las grandezas y las miserias de los últimos aristócratas, y a sus luchas cainitas por mantener privilegios y títulos.

Una novela extraordinariamente original, escrita con el brillo literario a que nos tiene acostumbrados Juan Bolea, con pulso, ritmo, acción, misterio y, sobre todo, con ese toque, con esa magia especial que distingue a las mejores novelas de intriga.